Albert Camus

局外人

L'étranger

加缪代表作
Les chefs-d'oeuvre d'Albert Camus

〔法〕阿尔贝·加缪/著
徐和瑾/译

人民文学出版社

Albert Camus
L'ÉTRANGER

图书在版编目(CIP)数据

局外人/(法)阿尔贝·加缪著;徐和瑾译. —北京:人民文学出版社,2020
(加缪代表作)
ISBN 978-7-02-014251-4

Ⅰ.①局… Ⅱ.①阿…②徐… Ⅲ.①中篇小说—法国—现代 Ⅳ.①I565.45

中国版本图书馆 CIP 数据核字(2018)第 092841 号

责任编辑　黄凌霞
装帧设计　黄云香
责任印制　徐　冉

出版发行　人民文学出版社
社　　址　北京市朝内大街 166 号
邮政编码　100705
网　　址　http://www.rw-cn.com

印　　刷　三河市鑫金马印装有限公司
经　　销　全国新华书店等

字　　数　63 千字
开　　本　850 毫米×1092 毫米　1/32
印　　张　3.875　插页 3
印　　数　1—10000
版　　次　2016 年 1 月北京第 1 版
印　　次　2020 年 6 月第 1 次印刷

书　　号　978-7-02-014251-4
定　　价　24.00 元

如有印装质量问题,请与本社图书销售中心调换。电话:010-65233595

译者序

一九五八年,加缪在谈到自己的作品时说:"是的,我开始撰写自己的作品时,有一个确切的计划:我首先想表达否定。用三种形式:小说为《局外人》,戏剧为《卡利古拉》,哲学论为《西西弗的神话》。"这是他作品中的"否定"系列,通常称为"荒诞"系列,代表作为《局外人》。

《局外人》发表于一九四二年,是加缪发表的第一部小说,当时正值大战期间,作者又几乎默默无闻,这部作品很可能迅速被人遗忘,但实际情况却完全相反,小说的读者越来越多,被誉为佳作,作者则被称为创新作家。

《局外人》是加缪最著名的作品,篇幅不长,分为两个部分:第一部是他在枪杀阿拉伯人前的生活,即自由人的生活,以日记的形式来记叙;第二部是他被捕后对自身的回顾和认识,主要以回忆和内省的形式展现。主人公则从第一部中一个无辜者的客观看法,转为一个被告和罪犯的主观看法。

小说的书名"局外人"表示主人公的主要特点,即孤独和独特。默尔索没有突出的个性。加缪像福楼拜那样,使默尔索具有社会职业,介绍他过去的生活,并使他具有某种心理状态和常用口头语。因此,他并不像罗伯-格里耶的某些人物那样抽象,而是有一定厚度。

然而,从心理学角度来看,默尔索的表现前后明显矛盾。例如,他跑到车站想赶上长途汽车时显得十分笨拙,而在水里游泳却像优秀运动员,在追赶卡车时则毫不犹豫,而且一跃而上。同样,默尔索显然不喜欢跟别人接触,但星期天整个下午,他却一直在观察街上的行人(第17—18页)。

因此,默尔索一方面是有文化的成年男子,雷蒙和萨拉马诺老头都向他请教,他的老板则要提升他去巴黎工作,但另一方面,他却多少有点幼稚,称自己的母亲为"妈妈",对巴黎的印象只有:"很脏。有鸽子和阴暗的院子。"(第35页)

另外,默尔索没有确定的身份,他既是他自己,又像是别人。于是,他就不断提出他身份的问题。例如,在法庭审判时,他担心他们会"错把一个人当做另一人来审讯"(第72页),而在年轻的记者对他注视时,他"感到我在被自己观看"(第70页)。其他人也使默尔索肯定了这种想法。例如,在审判时,检察官把他枪杀阿拉伯人跟第二天将审判的杀父案一视同仁,他的律师则不让他说话,他因此理所当然地作出下列反应:"这又是在把我排除在案件之外,把我完全消除,并在某种程度上对我取而代之。"(第85页)并提出疑问:"那么,到底谁是被告?重要的是被告。我有话要说!"(第81页)

虽然如此,默尔索并不要求自己有某种个性,相反,他始终声称他跟大家一样:"我想要对他声明,我跟大家一样,跟大家完全一样。"(第54页)反之,其他人也都跟他一样:"既然我只会有一种命运,既然成千上万的幸运儿像他一样自称是我的兄弟,[……]其他人也是这样,有朝一日会被判处死刑。他也是,他会被判处死刑。如果他被指控杀人,只因在母亲葬礼上没有哭泣而被处决,这又有什么关系?"(第100—101页)

然而,对这个自相矛盾的人物,既不能进行心理学或现实主义的分析,也不能进行象征主义的分析,甚至不能跟现代小说中常见的毫无个性的人物相提并论。因此,这个"局外人"可说是无法分类。

显然,《局外人》建立在自然和社会对立的基础之上。一九五五年,加缪在该书美国版序言中写道:"书中的主人公被判死刑,是因为他不会玩这种游戏。从这个意义上说,他是社会的局外人,他生活在这个社会中,游荡于社会的边缘,游荡在他私人生活的郊区,孤独而又淫荡。"他跟外界社会的关系还在两个方面表现出来:一是他不知道社会的准则,甚至还加以拒绝,二是他跟自然环境保持着深厚的关系。正如加缪在上述序言中所说:"《局外人》讲述一个人的故事,此人没有任何英雄姿态,却同意为真实去死,读到这个故事,对这点就不大会看错了。"

社会准则产生了一系列人人都要遵守的礼仪,不管是葬礼和审判都是如此,甚至连言语也有准则可依。检察长的话是陈词滥调,根本不考虑被告的具体情况。至于默尔索的母亲死后大家对他的慰问,似乎大多是为了尊重社会习俗,而不是出自内心的真实感情。

由此可见,这个社会看待事物,只是依据社会的准则,有时还会毫不犹豫地违背这种准则。例如,在法庭上,门房指责默尔索不想跟他母亲的遗体告别(第74页),但实际情况却是:"我想马上看到妈妈。但门房对我说,我先得去见院长。"(第2页)两者一对照,这社会的真实面貌也就暴露无遗。

默尔索跟社会的关系总是有点不大顺畅,相反,他跟自然环境却是十分融洽,特别是跟水,因为水跟愉悦和爱情联系在一起:"海水凉快,我游泳开心。我跟玛丽一起游得很远,我们都感到两人动作协调,心满意足。"(第42页)即使是常常使他感到无法忍受的阳光,有时也使他感到十分舒服:"她[玛丽]靠着我躺了下来,她的身体和太阳所散发的这两种热气,使我睡着了一会儿。"(第42页)因此,加缪在这部小说美国版的序言中说:"默尔索[……]贫穷而又不加掩饰,喜欢不留下阴影的太阳。他并非缺乏敏感,而是因执着而有一种深沉的爱,喜爱完美和真实。"正因为如此,有人把他称为"追求真实的殉道者",读者特别是当时的读者也把他视为"反英雄"。

加缪在这部小说中对司法机关进行尖锐的批评。但从现实主义的角度来看,对审判的叙述缺乏真实性。例如,默尔索的老板不可能不出庭作证,另外,在当时的情况下,杀死一个阿拉伯人,也不可能被判死刑。

然而,整部小说的逻辑基础,恰恰就是这种非真实性及其真实效果的结合,而加缪的计划,也是对司法机关及其运行的一种审问。从这个角度来看,加缪妙就妙在塑造了这样一个人物,这个人物有罪是无可争议的,但被判死刑却理由不够充分。这首先是因为他被判死刑并不是因为杀人,而是因为他没有在母亲下葬时哭过。法庭的审判通过默尔索的视角来描写。一方面,他在众人眼里是被告,但另一方面,他虽说被排除在外,"感到自己在此多余"(第69页),却是庭审的叙述者,从外部来观察对自己的审判。作者正是通过对庭审的这种描写,来对司法机关进行讽刺和批判。

从字面上看,理解这部小说易如反掌。《局外人》中没有深奥的历史知识和文化知识,使用的是日常用语,有时还有儿童语言,没有罕见或疑难词语,句子往往借用口语体。然而,这种看来简单的语言,却引起众多不同的评论。法国文学批评家热拉尔·热奈特在界定这部作品时也感到十分为难,认为它是一种"外聚焦的同故事叙述"(《叙事的新话语》),也就是说读者因书中使用第一人称而处于人物的意识内部,同时又因为人物无个性而处于其意识外部。因此,他只好得出结论:"那我们就不作任何解释,让这种叙事含糊不清。"

对《局外人》无法进行分类,是因为它跟传统的文学准则都不相符,它一方面偏离这些准则,另一方面却又以矛盾的方式将这些通常互不相容的准则结合在一起,小说的叙述形式就是如此。

这部小说的叙述形式,一眼就能看出前后不一致:第一部主要是用日记的形式,而第二部则是在回顾往事。这两种叙述形式的结合不仅使人感到意外,而且还显得更加复杂。第一部的日记形式,使人感到并不可信。如默尔索在小说开头说:"我要乘两点钟的长途汽车去,下午即可到达。"(第 1 页)但在几行后又说:"我乘上两点钟的长途汽车。"他的日记是否是先写前几行,然后等到第二天晚上回去后再续写?但他回去后已是筋疲力尽,想"睡上十二个小时"(第14页),怎么还会有精力写出这二十几页日记?因此《局外人》不可能是撰写的日记或回忆录,而是内心独白的一种特殊形式。

由此可见,《局外人》可说是各种文学倾向的交汇点,因此是一种终结和一种过渡。这部作品的主人公宣告了小说在上个世纪五十年代的认识和危机。因此,这部小说就不仅是对默尔索的审判,而且也是对小说体裁的审判。

译　者
二〇一五年元月识于海上凉城

目　录

第一部　／　*001*

第二部　／　*051*

加缪生平与创作年表　／　*103*

第 一 部

一

今天,妈妈死了。可能是昨天,我不清楚。我收到养老院发来的电报:"令堂仙逝。明日葬礼。肃此电达。"说得一点也不清楚。也许是昨天。

养老院位于马伦戈,离阿尔及尔有八十公里。我要乘两点钟的长途汽车去,下午即可到达。这样,我能在夜里守灵,并于明晚回来。我向老板请了两天假,有这种借口,他无法拒绝。但他显得不高兴。我甚至对他说:"这不是我的错。"他没有回答。我就想不该对他说这话。总之,我不需要请他原谅。反倒他应该向我表示慰问。但到后天,他看到我戴孝,一定会对我表示慰问。现在仿佛妈妈还没死。相反,等下葬之后,这就像归档的案件,显得更加真实可信。

我乘上两点钟的长途汽车。天气很热。我在塞莱斯特的饭馆里吃了饭,就像平时那样。他们都非常为我难过,塞莱斯特对我说:"母亲只有一个。"我离开时,他们把我送到门口。我有点厌烦,因为我得上楼去埃玛纽埃尔家,去借黑领带和黑纱。他伯父在几个月前去世了。

我跑着去车站,以赶上长途汽车。这样急着奔跑,再加上汽车颠簸和汽油味,还有公路和天空的反光,也许是因为这些,我才觉得昏昏沉沉。一路上差不多都在睡觉。我醒来时,发现自己靠在一个军人身上,他朝我微笑,问我是否来自远方。我只说"是的",不想再多说一句。

养老院离村庄有两公里路。我是走着去的。我想马上看到妈妈。但门房对我说,我先得去见院长。当时院长正忙着,我等了一会儿。在这段时期里,门房一直在说话,然后我见到了院长:他在办公室里接待了我。他是个矮小的老头,身上佩戴荣誉勋位勋章。他用明亮的眼睛看了看我。接着,他跟我握手,但时间很长,我不知该如何把手抽出。他看了一份档案,并对我说:"默尔索太太是三年前入院的。您是她唯一的赡养者。"我觉得他有点责备我,就开始对他解释。但他打断了我的话:"您不用给自己辩解,亲爱的孩子,我看过您母亲的档案。您无法负担她的生活费用。她需要有护工照料。您工资微薄。不管从哪方面看,她在这儿都更加幸福。"我说："是的,院长先生。"他补充道："您知道,她有一些朋友,是跟她年纪相同的老人。她跟他们会有同样的兴趣,是另一个时代的一些兴趣。您年轻,她跟您在一起会感到厌烦。"

确实如此。妈妈在家时,总是默不作声地注视着我。进养老院后的前几天,她经常哭泣。但那是因为习惯问题。几个月后,如果要把她接出养老院,她就会哭泣。这也是习惯问题。正因为这个原因,我去年几乎没来这儿。但也因为这样要占用我星期天的时间,另外还得花费力气,去赶长途汽车,买车票,路上得走两个小时。

院长又对我说了些话。但我几乎不再去听他说话。然后他对我说："我想您想看到您的母亲。"我站了起来,但什么话也没说,他带我朝门口走去。在楼梯上,他对我解释说："我们把她搬到了小陈尸室,是为了不让其他人受到惊吓。每当院里有老人去世,其他人在两三天内就会神经过敏。这就使服务工作变得困难。"我们穿过一个院子,院子里有许多老人在三五成群地聊天。我们走过时他们就不吭声了。我们过去后,他们又开始交谈。就像鹦鹉在唧唧喳喳学舌。走到一幢小屋门口,院长跟我告辞。"我失陪了,默尔索先生,我在办公室等您。一般来说,葬礼定在上午十点。我们考虑到,这样您可以给亡母守灵。最后说一句,您母亲似乎经常向院友们表示,希望按宗教仪式下葬。我已对此做好安排。但我想让您知道。"我对他表示感谢。妈妈不是无神论者,但生前从未想到过宗教。

我走进小屋。只见大厅十分明亮,墙壁用石灰粉刷过,顶上是玻璃天棚。厅里放有椅子和呈×形的支架。大厅中央两个支架上放有一口棺材,已盖上盖子。棺材上只看到螺丝钉闪闪发亮,并未拧紧,在刷成褐色的棺木上十分醒目。棺材旁边,有个阿拉伯女护士,身穿白大褂,头戴颜色鲜艳的方巾。

这时,门房从我后面进来。他想必是跑来的。他说话有点儿结巴:"棺材已给盖上,但我得把盖上的螺丝旋出,让您能看到她。"他要走近棺材,但我把他拦住。他对我说:"您不想看?"我回答说:"是的。"他不再说话,但我感到尴尬,觉得我不该这么说。片刻之后,他看了看我,然后问我:"为什么?"但并无责备之意,仿佛想了解其中的原因。我说:"我不知道。"于是,他捻捻白色的小胡子,说话时没看着我:"我理解。"他眼睛漂亮,颜色淡蓝,脸色略显红润。他拿来一把椅子给我坐,自己在我靠后一点的地方坐下。女护士站了起来,朝门口走去。这时,门房对我说:"她有梅毒下疳。"我听不明白,就朝女护士看了一眼,看到她眼睛下面有一条绷带,绕头一圈。在鼻子处,绷带是平的。在她脸上看到的只有白色绷带。

她走了以后，门房说："我失陪了。"我不知道自己做了什么手势，但他留了下来，站在我背后。后面有人使我感到拘束。大厅里充满着傍晚的艳丽阳光。两只大胡蜂在玻璃顶棚上嗡嗡作响。我感到十分困倦。我对门房说话，但并未把头转向他："你在这儿已有很长时间了吧？"他立即回答说："五年了。"仿佛他一直在等我问他。

接着，他说了许多话。在他看来，如果有人对他说，他将终身在马伦戈养老院当门房，他会感到十分惊讶。他六十四岁，又是巴黎人。这时，我打断了他的话："啊，您不是本地人？"我随即想起，他在带我到院长办公室以前，就曾对我说起我妈妈。他对我说，必须尽快把我妈妈下葬，因为在平原天气很热，而这个地方尤其炎热。正是在那时，他告诉我他曾在巴黎生活，很难遗忘那个城市。在巴黎，有时能在遗体旁守灵三四天之久。在这儿可不能待这么久，想到已经要跟在殡车后面跑了，就感到不舒服。当时他妻子对他说："别说了，这种事不该告诉先生。"老头脸红了，并表示道歉。我调解般地说："没事儿，没事儿。"我觉得他说得对，也说得有趣。

在小陈尸室里，他告诉我，他是因为贫穷才进养老院的。他感到自己身强体壮，就毛遂自荐当了门房。

我对他指出，其实他是养老院收养的人。他对我说不是这样。此前我听到他说话的方式，已经感到惊讶，因为他说到院里收养的人，总是说"他们""其他人"，有时候也说"老人们"，而在这些人中，有些人年纪并不比他大。当然啰，这不是一回事儿。他是门房，在某种程度上，他有权管理他们。

那女护士在这时进来。夜幕突然降临。夜色很快在玻璃顶棚上变得漆黑。门房开了灯，我因突然出现的亮光而感到刺眼。他请我到食堂去吃晚饭。但我肚子不饿。于是他提出要给我端来一杯牛奶咖啡。我很喜欢喝牛奶咖啡，就表示同意，片刻之后，他端着一个托盘回来。我喝了。我于是想抽烟。但我犹豫不决，因为我不知道是否能在妈妈的遗体前抽烟。我思考之后，觉得这毫无关系。我递给门房一支烟，我们就抽了起来。

有一个时候，他对我说："您知道，您母亲大人的朋友们也要来守灵。这是院里的习俗。我得去搬些椅子、弄些清咖啡来。"我问他是否可以关掉其中一盏灯。灯光照在白墙上，使我感到疲倦。他对我说关不掉。开关是这样装的：灯要么全开，要么全关。我不再去对他多加注意。他出去后又回来，把椅子都摆好。其中一把椅子上，他叠放着一圈杯子，中间放着咖啡壶。然后，他在我对面坐下，是在我妈妈的另一边。女护士也坐在大厅里面,背对着我。我看不到她在做什么事。但从她手臂的动作来看,我可以猜出她在织毛线。大厅里很舒服,咖啡使我感到暖和,通过开着的大门,飘进来一股夜晚和花卉的气味。我觉得自己迷迷糊糊地睡了一会儿。

一阵窸窣声把我吵醒。我闭上眼睛之后,觉得这厅里更加白得发亮。我前面没有丝毫阴影,每件物体、每个角落和所有的曲线都清楚地勾画出来,但十分刺眼。就在这时,妈妈的朋友们走了进来。他们一共有十来个人,在耀眼的灯光下静静地移动。他们坐下时,没有一把椅子发出嘎吱的声响。我看着他们,如同从未看到过人那样。他们的脸部和衣着的细节,我是尽收眼底。然而,我没有听到他们的声音,很难相信他们确实存在于世。女人几乎全都系着围裙,腰束带子,使肚子鼓得更高。我还从未注意过,老太太的肚子能鼓得多高。老头几乎个个干瘪,而且都拄着拐杖。在他们的脸上使我感到惊讶的是,我看不到他们的眼睛,只是见到一堆皱纹中有一点暗淡的亮光。他们坐下之后,大多朝我观看,拘谨地点了点头,嘴唇都被吃到无齿的嘴里,我弄不清他们是在跟我打招呼,还是脸上肌肉在抽搐。我还是觉得他们在跟我打招呼。这时,我发现他们都坐在我对面,是在门房周围,并摇晃着脑袋。我一时间产生奇特的印象,认为他们是来对我进行审判。

不久之后,一个女人哭了起来。她坐在第二排,被前面一个女院友挡住,我无法看清。她低声哭泣,哭得很有节奏:我觉得她会哭个不停。其他人好像都没有听到她哭。他们心灰意懒,闷闷不乐,默不作声。他们看着棺材或他们的手杖,或是随便看着什么东西,但他们只盯着一样东西看。那女人还在哭。我十分奇怪,因为我不认识她。我真希望不再听到她哭。但我不敢对她这样说。门房朝她俯下身子,跟她说了话,但她摇摇头,含糊不清地说了些什么,然后又按原来的节奏继续哭。于是,门房来到我身边。他在我旁边坐下。过了很久,他对我说时没看着我:"她跟您母亲大人很要好。她说这是她在这儿唯一的朋友,并说她现在已没有朋友。"

我们就这样待了很长时间。那女人的叹息和抽噎声越来越稀少。但她时常用鼻子吸气。最后她不做声了。我已不再困倦,但感到疲劳和腰疼。这时,我感到难受的是所有这些人默默无语。我只是有时听到一种奇怪的声音,但弄不清是什么声音。时间一长,我终于猜出是几个老人在咂嘴,发出这种奇特的啧啧声。他们在专心思考,因此没有察觉这事。我甚至有一种感觉,即躺在他们中央的死者,在他们眼里毫无意义可言。但我现在觉得,这是一种错误的感觉。

我们都把门房拿来的咖啡喝掉。后来的事我就不知道了。夜晚过去。我现在想起,我当时曾在一时间睁开眼睛,看到老人们都在蜷缩着睡觉,只有一个老人没睡,他下巴支在拄着拐杖的手背上,两眼盯着我看,仿佛只是在等我醒来。过后,我又睡着了。我醒来是因为腰越来越疼。晨光渐渐在玻璃顶棚上显露。片刻之后,有个老人醒来后老是咳嗽。他把痰吐在一块方格大手帕上,每吐一口如同拔树那样吃力。他把其他人都给吵醒了,门房说他们应该走了。他们站了起来。这次守灵累得他们面如土色。他们出去时,使我感到十分意外的是,他们都跟我握了手,仿佛这一夜我们虽然没说过一句话,却在感情上更加亲近。

我感到疲倦。门房把我带到他的房间,我进行了简单的漱洗。我又喝了牛奶咖啡,味道很好。我走出房间时,天已大亮。在马伦戈和大海之间的山丘上,天空一片红色。海风越过山丘,把一股咸味带到这儿。这一天看来天气晴好。我去乡下已是很久以前的事了,我感到,如果没有妈妈这件事,我去那儿散步会有多么快乐。

我在院子里等待,待在一棵法国梧桐下面。我呼吸着泥土的清香,不再感到困倦。我想起办公室里的那些同事。在这个时候,他们起床要去上班:对我来说,这一直是最为难熬的时刻。我又对这些事略加思考,但这时一幢幢楼里响起铃声,使我不由分神。窗子里传出一阵乱哄哄的声音,不久就平静下来。太阳在天上微微升高:我的脚开始被晒得发热。门房穿过院子后对我说,院长要见我。我去了他的办公室。他让我在几张纸上签名。我看到他身穿黑色上装,下面穿条纹长裤。他拿起电话听,然后对我说:"殡仪馆职员来了已有一会儿了。我去请他们来盖棺。在盖棺前,您是否要再看您妈妈一眼?"我说不用了。他在电话里压低声音命令道:"费雅克,您告诉他们,可以去盖棺了。"

然后他对我说,他将参加葬礼,我对他表示感谢。他在办公桌后面坐下,把双腿交叉。他告诉我,送葬的只有我和他两人,以及值班的女护士。一般来说,院友们都不应参加葬礼。他让他们守灵。他指出:"这是人道的问题。"但这一次,他已准许我妈妈的一位老友"托马·佩雷兹"跟随出殡队伍一起去。说到这里,院长微微一笑。他对我说:"您要知道,这是一种略带孩子气的感情。但他和您母亲几乎是寸步不离。在院里,大家都跟他们开玩笑,并对佩雷兹说:'她是您的未婚妻。'他听了就笑。这种玩笑让他们高兴。确实,默尔索太太去世,他十分难受。我觉得不应该不准他去。但是,根据保健医生的建议,我昨天不准他守灵。"

我们默默无语，一起待了很长时间。院长站了起来，朝办公室窗外观望。有时，他进行观察："马伦戈的本堂神甫已到。他提前到了。"他告诉我，要走到村里的教堂，至少得走三刻钟。我们走到楼下。本堂神甫和两个侍童待在屋前。一个侍童手拿香炉，神甫朝他俯下身子，以调节银链的长短。我们来了之后，神甫直起身来。他称我为"我的孩子"，并对我说了几句话。他进了屋，我跟随其后。

我忽然看到，棺材盖上螺丝钉已经拧紧，并看到厅里有四个黑衣人。我同时听到院长对我说，殡车已停在大路上等候，并听到神甫开始祈祷。从这时起，事情都进行得十分迅速。那四个人拿着柩衣朝棺材走去。神甫、侍童、院长和我走了出去。门前有一位女士，我并不认识。院长对她介绍说："默尔索先生。"我没有听清这位女士的名字，只知道她是护士代表。她面无笑容，点了点瘦长的头。然后，我们站成一排，让遗体过去。我们跟在抬棺材的人后面，走出了养老院。门前停着殡车。殡车呈长方形，漆得发亮，活像文具盒。殡车旁站着殡葬司仪，此人个子矮小，穿得滑稽可笑，还有一个举止做作的老头。我看出他是佩雷兹先生。他头戴圆顶宽檐软毡帽（棺材抬出门时，他把帽子脱下），身穿一套西服，长裤呈螺旋形落在鞋面上，戴着小小的黑领结，而衬衫的白领却很大。他嘴唇颤抖，鼻子上全是黑点。他纤细的白发下露出奇特的耳朵,耳朵摇晃,如有粗糙折边,呈血红色,而脸色却十分苍白,使我印象深刻。殡葬司仪让我们各就各位。神甫走在前面,然后是殡车。殡车周围是四个黑衣人。后面是院长和我,最后则是护士代表和佩雷兹先生。

天上已充满阳光。天空开始使大地感到沉重,气温迅速升高。我不知道我们为何等待很长时间后才出发。我穿着深色衣服,感到很热。那矮老头原来戴着帽子,这时又把帽子脱下。我稍稍朝他转过头去,看着他,院长就跟我谈起了他。院长对我说,我母亲和佩雷兹先生经常在傍晚去散步,一直走到村子,由一名护士陪同。我环顾田野。一排排柏树延伸到天边的山丘,透过柏树,只见这块土地红棕色和绿色相间,稀疏的房屋点缀其中,显得十分漂亮,我立刻理解妈妈当时的心情。在这个地方,傍晚想必是忧伤的休憩。而今天,漫溢的阳光照得这景色颤抖,使其变得毫无人情,令人沮丧。

我们开始上路。这时,我发现佩雷兹的腿有点瘸。殡车渐渐加速,这老头就落到后面。殡车周围有一人也给落下,现跟我并排走着。我感到意外的是,太阳竟升高得如此之快。我发现田野里早已响起昆虫的鸣叫声和草丛的簌簌声。汗水在我面颊上流淌。我没戴帽子,就用手帕扇风。这时,殡仪馆职员对我说了句话,但我没有听清。与此同时,他右手把鸭舌帽帽檐微微抬起,用左手拿着的手帕擦了擦头顶。我对他说:"怎么样?"他指着天连声说道:"晒得真厉害。"我说:"是的。"片刻之后,他问我:"那里面是您母亲?"我又说:"是的。""她年纪老吗?"我回答说"就是这样",因为我不知道她确切的年龄。后来他就不做声了。我转过头去,看到佩雷兹老头落在我们后面五十来米远的地方。他急忙往前赶,手里拿着毡帽摇晃。我也看了看院长。他走路的样子十分端庄,没有任何多余的动作。他额头上渗出几滴汗水,但他没有去擦。

我感到出殡队伍的行进速度有所加快。我周围的田野依然明亮,沐浴在阳光之中。天空亮得刺眼。有时,我们走在一段新修好的公路上。太阳把柏油路面晒得裂开。脚踩下后就陷进去,留下了果肉般光亮的裂口。在殡车上方,车夫戴的煮硬的牛皮帽,仿佛曾在这黑泥般的柏油里鞣过。我感到有点头晕,只见天空是蓝白相间,周围则全是黑色,有裂开口子的柏油路黏糊糊的黑色,有身上穿的衣服暗淡的黑色,还有殡车漆成的黑色。烈日当空,殡车的皮革和马粪的气味,油漆的气味和焚香的气味,以及彻夜未眠的疲倦,使我的视觉和思想都模糊不清。我再次回头望去:我感到佩雷兹似乎已十分遥远,隐没在一片热气之中,后来我无法再看到他。我用目光寻找他,看到他已离开公路,并穿越田野。我也发现,公路在我前面转弯。我看出佩雷兹对地形熟悉,正在抄近路走,以赶上我们。他在转弯处追上了我们。后来,我们又把他给丢了。他还是穿越田野,就这样反复走了多次。而我则感到热血在太阳穴里奔腾。

其后的事情都进行得极其迅速、确实而又自然,因此我现在对那时的记忆已荡然无存。只记得一件事:在村子的入口处,护士代表跟我说了话。她说话声音奇特,跟她的脸并不相称,这声音悦耳,却在颤抖。她对我说:"要是走得慢,就会中暑。但如走得太快,又会汗流浃背,进了教堂就会着凉。"她说得对。真是不知如何是好。我还留有那天的几个印象,如佩雷兹的那张脸,就是他最后一次在村子附近追上我们的时候。他既紧张又难受,大滴眼泪落在面颊之上。但由于脸上皱纹条条,眼泪竟流不下来,有时扩散开来,有时聚在一起,在这张变形的脸上形成一片水光。还有教堂以及人行道上的村民,公墓的一座座坟墓上老鹳草的红花,佩雷兹晕倒了(他活像散了架的木偶),撒在妈妈棺材上的血红色泥土,以及混在土中的白色树根,还有人群,说话的声音,村庄,在一家咖啡馆前等待,马达不停的隆隆声,以及长途汽车进入阿尔及尔灯火通明的街区时我心里的喜悦,因为我想到,我即将上床睡觉,可以睡上十二个小时。

二

我醒来时才明白,我向老板请两天假时,他为什么显得不高兴:今天是星期六。我当时可把这事给忘了,但在起床时想了起来。我的老板自然想到,加上星期天,我就有四天假期,这样的话,他当然不会高兴。但是,一方面,妈妈下葬是在昨天而不是今天,并不是我的错,另一方面,不管怎么说,星期六与星期天都是我的休息天。当然啰,尽管如此,我仍然理解我老板的心情。

我勉强起床,因为昨天确实很累。我刮脸时在想,今天要干什么,我决定去洗海水浴。我乘有轨电车前往港口海水浴场。在那里,我跳入航道。有许多年轻人。我在水里看到了玛丽·卡多纳,她以前在我的办公室里当打字员,我当时曾想打她的主意。我现在觉得她当时也对我有意。但她不久后辞职了,我们就没能亲近。我帮她爬上一个浮筒,并顺手摸了她胸部。我还在水里,可她已俯卧在浮筒上。她朝我转过头来。她头发盖住眼睛,在那里笑。我也爬上浮筒,待在她旁边。天气很舒服,我像开玩笑那样让头往后仰,枕在她肚子上。她什么也没说,我就这样躺着。我眼望天空,只见蓝天金光。我感到玛丽的肚子在我颈背下微微起伏。我们似睡似醒,在浮筒上待了很久。当太阳晒得太热时,她跳进水里,我则跟随其后。我追上了她,用手搂住她的腰,我们就一起游泳。她总是在笑。在码头上,我们把身上擦干时,她对我说:"我晒得比您黑。"我问她晚上是否想去看电影。她又笑了,并对我说,她想去看费尔南代尔①的一部影片。我们穿好衣服后,她看到我系黑领带,显得十分惊讶,问我是否在戴孝。我对她说,我妈妈死了。她想知道是什么时候死的,我就回答说:"是在昨天。"她稍稍往后一退,但并未发表任何看法。我想对她说,这不是我的错,但我没说出来,因为我想到,我已对老板说过这话。这话毫无意义。不管怎样,人总是会有点错。

晚上,玛丽已把这些事全都忘记。这部影片有时滑稽可笑,而且也实在太蠢。她的腿靠在我腿上。我抚摩她的乳房。电影快结束时,我拥吻了她,但没有尽兴。出去后,她来到我家。

我醒来时,玛丽已经走了。她跟我说过,她要去姨妈家。我想到今天是星期天,我感到厌倦:我不喜欢星期天。于是,我在床上翻了个身,在长枕头上闻玛丽的头发留下的咸味,我一直睡到十点钟才醒。然后,我抽

---

① 费尔南代尔(1903—1971),法国喜剧演员。拍摄的影片有一百多部,其中七部由法国喜剧大师帕尼奥尔导演。主要有《昂热尔》《再生草》《掘井人的女儿》以及《唐·卡米罗的小天地》等。

了几支烟,但仍躺在床上,一直躺到中午十二点。我不愿像平时那样到塞莱斯特的饭馆去吃饭,因为他们肯定会对我提出问题,而我不喜欢这样。我煮了几个鸡蛋,就在这盘子里吃了,没吃面包,因为我已经吃完,也不愿下楼去买。

午饭后,我感到有点无聊,就在套间里转悠。妈妈在这儿时,这套间十分合适。现在,我一个人住显得太大,我只好把餐厅里的桌子搬到我卧室里来。我只是在这个房间里过日子,里面有几把草垫有所塌陷的椅子、一个镜子发黄的大立柜、一张梳妆台,以及一张铜床。其他房间都弃而不用。过了一会儿,为了做点事,我拿起一张旧报纸来看。我把克鲁申盐业公司的一则广告剪了下来,贴在一本旧练习簿上,我感兴趣的剪报都贴在这本子上。我也洗了洗手,最后,我走到阳台上。

我的卧室朝向这郊区的大街。下午天气晴朗。但路面泥泞,行人稀少,却仍然匆忙。先是看到几家人在散步,两个小男孩穿着海魂衫和过膝的短裤,衣服笔挺,样子有点拘谨,还有一个小女孩,头戴粉红色大蝴蝶结,脚穿擦得锃亮的黑皮鞋。母亲走在孩子后面,她身材高大,穿着栗色真丝连衣裙,父亲个子矮小,又弱不禁风,我看到过。他头戴扁平狭边草帽,戴蝴蝶领结,拿着手杖。我看到他跟妻子在一起,知道街区里为何说他优雅。不久之后,郊区的一个个年轻人走过,他们头发油光锃亮,系大红领带,穿奇装异服,上衣小口袋上绣花,脚穿方头皮鞋。我觉得他们是去市中心看电影,因此这么早就出来。他们急忙去乘电车,还大声笑着。

他们过去后,街上行人渐渐稀少。我觉得,各个剧场的演出均已开始。街上只剩下了一个个店铺老板和一只只猫。街道两边的榕树上方,天空无云,但并非光彩夺目。在对面的人行道上,一个香烟店老板搬出一把椅子,放在门口,跨坐其上,双臂搁在椅背上。刚才满载乘客的一辆辆电车,现在几乎空无一人。香烟店旁是"皮埃罗之家"小咖啡馆,侍者正在空荡荡的厅里,用木屑把地板擦干净。这确实是星期天的景象。

我把椅子倒转过来,像香烟店老板那样放着,因为我觉得这样坐更舒服。我抽了两支香烟,回屋拿了一块巧克力,又回到窗口吃了起来。不久之后,天色变得阴暗,我以为夏天暴雨将临。不过天气渐渐转晴。但一片片乌云飘过时,如同下雨的预兆,使街道变得阴暗。我仰望天空,待了很长时间。

五点钟,有几辆电车在嘈杂声中驶来。电车把一群群观众从郊区的体育场送回来,他们有的站在踏板上,有的扶着栏杆。后面几辆电车则载着运动员,我是从他们的小手提箱看出来的。他们大声喊叫、歌唱,说他们的俱乐部会永世长存。好几个运动员跟我打招呼。其中一个还对我叫喊："我们战胜了他们。"我也说"对",并点了点头。从这时起,小汽车开始蜂拥而至。

天色又稍有变化。屋顶上的天空变成淡红色,黄昏开始降临,条条街道热闹起来。出游者陆续回来。我在其他人中认出了那位优雅的先生。他家的孩子们哭着或是让父母拖着走。街区的那些电影院,几乎立即把观众的人流倾泻到街上。在观众中,年轻人的手势比平时更加坚决,我想他们是看了一部惊险片。从城里的电影院回来的观众到得稍晚。他们似乎更加严肃。他们也不时笑笑,但显得疲倦,像在遐想。他们待在街上,在对面的人行道上走来走去。街区的姑娘们都不戴帽子,她们相互挽着胳臂。小伙子们设法跟她们迎面而过,他们开起了玩笑,姑娘们听了转过头去直笑。有好几个姑娘我认得,她们跟我打了招呼。

这时,路灯突然点亮,夜空中初升的星星为之黯然失色。看着人行道上行人和灯光的变化,我感到眼睛疲倦。路灯把潮湿的路面照得发亮,而定时驶过的电车,则把反光映照在发亮的头发、微笑的面容或银手镯上。过了一会儿,电车更加稀少,树木和路灯上方已是漆黑一片,街区在不知不觉中变得空无一人,直至第一只猫慢慢地穿过再次空旷的街道。我于是想到该吃晚饭了。我长久地靠在椅背上,感到脖子有点疼。我上街去买了面包和果酱,做了菜,站着吃饭。我想在窗口抽支烟,但空气已变凉,我感到有点冷。我把窗全都关上,回来时在镜子里看到桌子的一端,上面放着我的酒精灯和几片面包。我想到,这星期天依然过得疲劳,想到妈妈现已安葬,我将要重新开始工作,总之,生活并未有任何变化。

三

今天,我在办公室做了很多事。老板对我和蔼可亲。他问我是否太累,还想知道我妈妈有多大年纪。我说"有六十来岁",是为了不出错,我不知道他为何显出宽慰的样子,并认为事情已经了结。

我桌上放着一大堆提货单,都要我来处理。在离开办公室去吃午饭前,我洗了手。中午,我非常喜欢这样的时刻。晚上,我在这种时刻就不大喜欢,因为能转动的公用毛巾已经湿透。我曾在有一天跟老板指出。他对我回答说,他也感到遗憾,但这毕竟是无关紧要的小事。我在十二点半跟埃玛纽埃尔一起出去了一会儿,他在发货部工作。办公室朝向大海,我们一时间观看了港口里的货轮,太阳把港口照得火烫。这时,一辆卡车开来,发出链条的哗啦声和马达的轰隆声。埃玛纽埃尔问我"要不要去",我就跑了起来。卡车超过了我们,我们在后面直追。我被淹没在噪声和灰尘之中。我什么也看不见了,只感到是在拼命奔跑,周围是绞车、机器,以及在地平线上晃动的桅杆和我们沿路看到的一个个船体。我首先抓住卡车,并一跃而上。然后,我帮埃玛纽埃尔上车坐下。我们俩都气喘吁吁。卡车在码头高低不平的路面上颠簸,沉浸在尘土和阳光之中。埃玛纽埃尔笑得喘不过气来。

我们来到塞莱斯特的饭店时汗流浃背。他一直在那儿,大腹便便,腰系围裙,蓄着白色小胡子。他问我是否"过得还可以"。我对他说是的,并说我饿了。我很快吃完饭,还喝了咖啡。然后我回到家里,睡了一会儿,因为我酒喝得太多,醒来时想要抽烟。时间已晚,我跑着去赶一辆电车。我整个下午都在干活。办公室里很热,傍晚出来时,我愉快地回家,沿着码头慢慢地走着。天空呈绿色,我感到高兴。不过,我还是直接回家,因为我想煮土豆吃。

上楼时,我在阴暗的楼梯上撞到萨拉马诺老头,他跟我住在同一层楼。他牵着狗。他跟狗一起生活已有八年。这猎犬①有皮肤病,我觉得是原虫性肠肝炎使

---

① 原文为 épargneul,是布列塔尼猎犬、皮卡第猎犬、法国猎犬、德国猎犬等八种猎犬的总称。

它的毛几乎脱得精光,皮肤上布满棕色的痂盖和硬皮。萨拉马诺老头长期跟狗一起生活,同住一个小房间,最终变得跟狗很相像。他脸上有淡红色痂盖,黄毛稀少。而那条狗则像主人那样驼背曲腰,口鼻前伸,脖子伸长。他们似乎属于同一种类,但却相互厌恶。每天两次,上午十一点和下午六点,老头都要出去遛狗。八年以来,他们一直没有改变散步的路线。可以看到他们沿着里昂街①走,那狗拖着老头走,最后萨拉马诺老头绊了一跤。他于是就对狗又打又骂。狗吓得趴在地上,让人拖着走。这时,由老头来拖着狗走。过一会儿,狗忘掉之后,再次拖着主人走,并再次挨打挨骂。于是,他们俩都待在人行道上,四目对视,狗是怕,人是恨。天天如此。狗要撒尿,老头不让它撒完就拉它走,这猎犬就边走边在地上撒下一滴滴尿液。狗偶然在屋里撒尿,就又要挨打。就这样过了八年。塞莱斯特总是说"真不幸",但实际上,谁也弄不清楚。我在楼梯上遇到萨拉马诺时,他对狗说:"坏蛋!脏货!"狗则在呻吟。我说了声"晚安",但老头仍然在骂。我就问他,狗对他干了什么。他没有回答我。他只是说:"坏蛋!脏货!"我见他朝狗俯下身子,猜出他正在对狗的

---

① 从里昂街可看出,默尔索住在贝尔库尔街区,加缪幼年时曾在那里住过。

颈圈进行调整。我提高嗓门又问了一遍。他没有把头转过来,只是强忍怒火对我回答说:"它老是这样。"然后,他就拖着狗走了,那狗趴在地上被拖着走,一面发出呻吟般的叫声。

正在这时,跟我住在同一层楼的另一位邻居走了进来。街区里都说他是吃软饭的。然而,有人问起他的职业,他就说是"仓库管理员"。总的说来,他不大讨人喜欢,但他常跟我说话,有时他到我家里来坐一会儿,因为我愿意听他说话。我觉得他说的事情很有趣。另外,我也没有任何理由不跟他说话。他名叫雷蒙·森泰斯。他长得相当矮小,肩膀宽阔,鼻子像拳击手那样塌陷。他总是穿着得体。他在谈到萨拉马诺时也对我说:"如果不是这样不幸就好了!"他问我,这事我是否感到厌烦,我回答说没有。

我们走到楼上,我要跟他离别时,他对我说:"我家里有香肠和葡萄酒。您是否愿意跟我一起吃点喝点?……"我想到这样我就不用自己做饭,就同意了。他也只有一个房间,还有一间厨房,但没有窗子。他床的上方有个白色和粉红色的仿大理石天使塑像,以及一些体育冠军照片和两三张裸女画片。房间很脏,床没铺好。他先点上煤油灯,然后从口袋里拿出肮脏的纱布,开始包扎右手。我问他是怎么回事。他跟我说,他跟一个家伙打了一架,那家伙想找他麻烦。

"您知道，默尔索先生，"他对我说，"这不是因为我凶狠，而是我火气大。那个人对我说：'你要是男人，就从电车里下来。'我对他说：'你别闹。'他就说我不是男人。于是，我就下了电车，并对他说：'够了，最好到此为止，要不我就把你打得稀巴烂。'他对我回答说：'凭什么？'于是，我就揍了他一顿。他倒在地上。我要把他扶起来。他却在地上踢我几脚。我就用膝盖把他压住，打了他两记耳光。他脸上都是血。我问他是否受够了。他对我说：'够了。'"

森泰斯一面说，一面用纱布包扎。我坐在床上。他对我说："您看，不是我去找他。是他来惹我。"确实如此，这我承认。于是，他告诉我，他想就这件事征求我的意见，他说我是一条汉子，见过世面，能给他帮忙，并说以后他会成为我的朋友。我什么也没说，他又问我，我是否愿意做他的朋友。我说无所谓，他显出高兴的样子。他取出香肠，在炉子上煮好，接着摆好酒杯、盘子、刀叉和两瓶葡萄酒。做这些事时，他都默不作声。然后我们坐了下来。吃饭时，他给我讲了他的事。他先是犹豫片刻。"我认识了一位女士……可以说是我的情妇。"跟他打架的那个人，是这个女人的弟弟。他对我说，他曾包养这个女人。我什么也没说，但他立刻作了补充，说他知道街区里的流言飞语，但他问心无愧，他是仓库保管员。

"说到我这个事,"他对我说,"我发现有欺骗行为。"他给她的钱恰好够她维持生活。他自己替她付了房钱,每天给她二十法郎伙食费。"三百法郎房钱,六百法郎伙食费,不时送一双袜子,这样就要花费一千法郎。这位女士又不工作。但她老是说我太抠,说我给她的钱不够用。可我总是对她说:'你为什么不去打个半天工?这样的话,你就不用我来替你操心这些小事了。这个月我给你买了一套衣服,每天给你二十法郎,替你付了房钱,而你呢,每天下午都跟你的女友们一起喝咖啡。你用咖啡和糖招待她们。我呢,我给你钱。我待你不薄,可你却以怨报德。'但她不去工作,她老是说钱不够用,于是我就发现她在骗我。"

他于是告诉我,他看到她手提包里有一张彩票,她无法向他解释是怎么买来的。不久之后,他在她那儿看到"一张当票",证明她在当铺里当了两只手镯。在此之前,他不知道她有这两只手镯。"我清楚地看出她在骗我。于是,我就跟她分手。但我先打了她一顿。然后我才戳穿她。我对她说,她一心只想玩物取乐。您可以理解,默尔索先生,我是这样对她说的:'你没看到世上的人都在羡慕我给予你的幸福。你以后自会知道,你现在是多么幸福。'"

他把她一直打到出血。以前他不打她。"以前我打她,可说是轻手轻脚。她稍稍叫喊。我就关上百叶窗,然后罢手,总是这样。但现在,我可是动了真格。我觉得对她惩罚得还不够。"

他于是跟我解释,说是因为这事,他需要别人给他出个主意。他停止说话,去调节即将烧完的灯心。我一直在听他说。我喝的酒将近有一公升,觉得太阳穴发烫。我抽着雷蒙的香烟,因为我的香烟已经抽完。最后几辆电车驶过,带走了郊区现已遥远的嘈杂声。雷蒙继续在说。他感到烦恼,"是因为他对他的姘头还有感情"。但他想惩罚她。最初,他想把她带到一家旅馆,把"风化警察"叫来,制造一件丑闻,让她像妓女那样在警察局登记入册。后来,他向几个黑社会的朋友讨教。他们没想出任何办法。但正如雷蒙向我指出的那样,参加黑社会还是十分值得。他把情况告诉他们之后,他们就建议在她脸上"留个记号"。但是,他不想这样做,他要考虑一下。在此之前,他想问我有什么主意。不过,在问我之前,他想知道我对这件事有何看法。我回答说,我没有任何看法,但我觉得这事有趣。他问我是否认为她在骗他,而我呢,我确实感到她在骗他,至于我是否认为应该惩罚她,如果我处在他的地位会怎么做,我就对他说,这永远无法知道,但我理解他为何要惩罚她。我又喝了点酒。他点了一支香烟,跟我说出他的想法。他想给她写一封信,"像用脚踢她一样狠,同时又要说得她后悔"。然后,如果她回来,他就跟她睡觉,并在"刚要完事时"把唾沫吐在她脸上,并把她赶出门外。我认为,用这种办法,她确实将受到惩罚。但雷蒙对我说,他觉得自己写不好这封信,想请我代笔,由于我没有吭声,他就问我是否觉得马上写有难处,我回答说没有。

他喝完一杯酒,就站了起来。他把盘子和我们吃剩的少许冷香肠推开。他仔细擦干净桌上的漆布。他从床头柜的一个抽屉里拿出一张方格纸、一只黄信封、一支红木杆蘸水笔和一瓶方形紫墨水。他把那女人的姓名告诉我,我从而看出,她是个摩尔人。我把信写好。信写得有点随意,但我尽量让雷蒙满意,因为我没有理由让他不满意。然后,我把信大声念给他听。他听我念,一面抽烟一面点头,然后,他请我再念一遍。他十分满意。他对我说:"我知道你见过世面。"我起先并未发现他在用"你"来称呼我。他说出"现在,你是我真正的朋友"这句话时,这样的称呼才使我印象深刻。这话他又说了一遍,我就说:"是的。"做不做他的朋友,对我来说无所谓,而他似乎确实想交我这个朋友。他把信封好,我们把酒喝完。然后,我们抽了一会儿烟,一句话也没说。外面十分安静,我们听到一辆汽车驶过。我说:"时间不早了。"雷蒙也这样认为。他发现时间过得很快,从某种意义上说,也确实如此。我困得想睡,但又难以站起身来。我想必显得疲倦,因为雷蒙对我说不该泄气。起初我没听明白。他就对我解释说,他听说我妈妈死了,但这事迟早都会发生。这也是我的看法。

我站了起来,雷蒙跟我紧紧地握了握手,并对我说,男人之间,总会相互理解。我走出他家,把门关上,在漆黑的楼梯平台上逗留片刻。屋子里一片寂静,从楼梯井深处传来阴暗、潮湿的气息。我只听见自己的血液在耳边击打的嗡嗡声。我纹丝不动地站着。但在萨拉马诺老头的房间里,那条狗在低沉呻吟。

四

这个星期,我工作一直很好。雷蒙来过,并对我说,他已把信寄出。我跟埃玛纽埃尔一起去看了两次电影,他总是看不懂影片里发生的事。于是就得给他解释。昨天是星期六,玛丽来了,我们是事先说好的。我见到她,很想跟她发生关系,因为她身穿红白两色条纹的漂亮连衣裙,脚穿皮凉鞋。可以看出她乳房坚挺,皮肤被太阳晒成棕色,那张脸就像一朵鲜花。我们乘上一辆公共汽车,前往离阿尔及尔几公里远的海滩,海滩处于悬崖峭壁的环抱之中,岸边是一排芦苇。下午四点的太阳不是太热,但海水暖和,微波在懒散而又长久地荡漾。玛丽教我一种游戏。在游泳时,迎着浪尖喝足水含在嘴里,然后转过身来,把水朝天吐出。于是就形成一条泡沫构成的花边,在空中逐渐消失,或者像温热的雨水般重又落到我的脸上。但片刻之后,我的嘴就被咸味的海水弄得发烫。玛丽于是游到我的身边,在水里跟我紧紧地贴在一起,她把嘴贴在我的嘴上。她的舌头舔得我的嘴唇感到清凉,于是,我们抱着在水里翻滚了一会儿。

我们在海滩上穿好衣服,玛丽用发亮的眼睛看着我。我拥吻了她。从这时起,我们不再说话。我搂着她,我们急忙去乘公共汽车,回到我家,双双跳到我的床上。我让窗开着,感到夏夜在我们棕色的皮肤上游动,真是舒服。

那天上午,玛丽待着没走,我对她说,我们共进午餐。我到街上去买了肉。回到楼上时,我听到雷蒙的房间里有女人的说话声。过了一会儿,萨拉马诺老头开始骂狗,我们听到木楼梯上响起鞋底声和爪子的声音,还有"坏蛋!脏货!"的骂狗声,他们走到了街上。我跟玛丽说了老头的事,她笑了。她穿着我的一套睡衣,把袖子都卷了起来。她笑起来后,我又想跟她发生关系。过了一会儿,她问我是否爱她。我对她回答说,这毫无意义,但我觉得不爱。她显出难受的样子。但在做饭时,谈到一些小事,她又笑了起来,笑得我又拥吻了她。正在这时,雷蒙的房间里传来争吵的声音。

起先听到女人刺耳的说话声,接着雷蒙在说:"你对我做了错事,你对我做了错事,我要教你怎么对我做错事。"响起几个沉闷的声音,那女人尖叫起来,叫得十分可怕,楼梯平台上立刻挤满了人。玛丽和我也走了出去。那女人仍然在叫,雷蒙也仍然在打。玛丽对我说真可怕,我没有回答。她要我去叫警察,但我跟她说,我不喜欢警察。然而,一个警察跟三楼的一个房客一起来了,那房客是管子工。警察敲了房门,里面就没有声音了。他敲得更响,过了一会儿,那娘儿们哭了起来,而雷蒙则把门打开。他嘴上叼着一支香烟,显出嬉皮笑脸的样子。那娘儿们冲到门口,对警察说雷蒙打了她。警察问她:"你叫什么名字?"雷蒙作了回答。警察说:"你跟我说话时,把香烟从嘴里拿掉。"雷蒙犹豫不决,看了我一眼,又抽了一口。这时,警察使劲打了他一记耳光,出手很重。那支香烟顿时落到几米远的地方。雷蒙脸色骤变,但他什么也没说,然后他谦恭地问,是否能把烟头拾起来。警察说可以,并作了补充:"下一次你得记住,警察可不是布袋木偶。"在此期间,那娘儿们一直在哭,并反反复复地说:"他打了我。他是姑爷仔。"雷蒙就问:"警察先生,说一个男人是姑爷仔,这是否合法?"但警察命令他"闭嘴"。于是,雷蒙朝那娘儿们转过身去,并对她说:"你等着,贱人,咱们后会有期。"警察叫他住口,说那娘儿们应该离开,而他要待在家里,等待警察局的传讯。他还说,雷蒙醉得浑身发抖,应该感到羞耻。这时,雷蒙对他解释说:"我没有喝醉,警察先生。我只是在您面前发抖,这是不可避免的事。"他关上门,大家就都走了。玛丽和我做好了午饭。但她不饿,几乎全给我吃了。她是一点钟走的,我就睡了一会儿。

大约在三点钟时,有人来敲我的门,是雷蒙走了进来。我仍躺在床上。他在我床边坐下。他一时间没有吭声,我就问他,他的事是怎么闹起来的。他对我说,他想怎么干就怎么干了,但她打了他一记耳光,于是他就揍了她。其余的事,我都看到了。我对他说,我觉得现在她已受到惩罚,他应该感到满意。这也是他的看法,而且他看到,警察这样做是白费力气,丝毫不能改变她挨打这一事实。他还说,他对那些警察十分了解,知道该如何对付他们。他于是问我,当时警察打了他耳光,我是否曾期待他还手。我回答说,我当时无所期待,不过我并不喜欢警察。雷蒙显得十分高兴。他问我是否愿意跟他一起出去。我就下了床,并开始梳头。他对我说,我得给他作证。我觉得无所谓,但我不知道该说些什么。据雷蒙说,只要说那娘儿们对他做了错事。我就同意给他作证。

我们来到街上,雷蒙请我喝了杯白兰地。后来,他想打一盘台球,我输得很可惜。然后他想去逛妓院,但我说不去,因为我不喜欢。于是,我们慢吞吞地走回去,他对我说,他十分高兴,能对情妇进行惩罚。我觉得他对我很热情,并觉得这段时间过得愉快。

我在远处看到,萨拉马诺老头待在门口,显得烦躁不安。我们走到近前时,我看到狗不在他身边。他四处观望,在原地转来转去,企图看清黑暗的走廊里的东西,含含糊糊地说出毫不连贯的话,又开始用红色的小眼睛朝街上搜索。雷蒙问他是怎么回事,他没有立即回答。我模糊地听到他低声在骂"坏蛋,脏货",并依然烦躁不安。我问他狗在哪里,他粗声粗气地对我回答说狗跑掉了。然后,他突然口若悬河般说了起来:"我把它带到旧校场,就像平时那样。有许多人,是在集市的木棚周围。我停下来看《逃生之王》。我要离开时,狗就不在了。当然啰,我早就想给它买个较小的颈圈。但我从未想到,这脏货会这样走掉。"

于是,雷蒙对他解释说,狗可能迷了路,它会回来的。他给老头举了几条狗的例子,说它们走了几十公里,只是为了找到自己的主人。尽管如此,老头显然更加烦躁不安。"但他们会把它抓走,你们要知道。如果有人把它收养就好了。但这是不可能的,它有痂盖,人人讨厌。警察会把它抓走,肯定会这样。"我于是对他说,他应该到警察局招领处去看看,狗在的话付点钱就会还给他。他问我付钱多不多。我不知道。于是,他勃然大怒："要为这脏货付钱。啊！让它去死吧！"接着,他开始对它咒骂。雷蒙笑着走进屋子。我跟着他进去,我们在楼梯平台上分手。片刻之后,我听见老头的脚步声,他敲了我的门。我把门打开后,他在门口待了一会儿,并对我说："请您原谅,请您原谅。"我请他进来,但他不愿意进来。他看着自己的鞋尖,他两只布满痂盖的手在颤抖。他问我时没有看我："您说说,默尔索先生,他们不会把我的狗抓走吧？他们会把它还给我的。不然的话,我该怎么办呢？"我对他说,警察局招领处保管丢失的狗的时间为三天,过了这时间就由他们自行处理。他默默地看了我一眼,然后,他跟我说："晚安。"他关上自己的房门,我听到他在里面走来走去。他的床嘎吱响了一下。一种奇特而又轻微的声音从隔墙传来,我听出是他在哭。我不知道自己为什么想起了妈妈。但明天早上我得早起。我肚子不饿,因此没吃晚饭就躺下睡觉了。

五

雷蒙把电话打到我办公室。他对我说,他的一个朋友(他曾跟这个朋友说起我)邀请我到阿尔及尔附近的海滨木屋去过星期天。我回答说我很想去,但我已答应那天跟一个女友一起过。雷蒙立即说,他也请我女友去。因为他朋友的妻子会很高兴在一群男人中找到女伴。

我想立刻把电话挂上，因为我知道老板不喜欢有人从城里给我们打电话。但雷蒙要我过一会儿再挂，并对我说，他原可以在晚上向我转达这邀请，但他还想告诉我其他事情。他曾整天被一群阿拉伯人盯梢，其中有他以前的情妇的弟弟。"你今晚回家时，如果在住房附近看到他，请你告诉我。"我对他说一言为定。

片刻之后，老板让人来叫我，我当时觉得有点烦，因为我以为他会叫我少打电话多干活。但完全不是这么回事。他对我说，他要跟我谈一个计划，但只是初步的想法。他只是想了解一下我对这个问题的看法。他计划在巴黎设立办事处，处理当地的业务，直接跟大公司做生意，他想知道我是否愿意去那里工作。这样我就可以在巴黎生活，每年又有部分时间可以外出旅行，"您年轻，我觉得您应该会喜欢这种生活。"我说是的，但我心里觉得无所谓。他就问我是否有兴趣改变生活，我回答说生活永远无法改变，不管怎样，各种生活全都一样，在这里生活，我也觉得不错。老板显出不高兴的样子，并对我说，我总是答非所问，说我没有雄心壮志，这样做生意就会失败。我于是就回去工作。我不想扫他的兴，但我觉得没有理由要改变我的生活。我仔细考虑下来，觉得自己并非不幸。我在读大学时，有许多雄心壮志。但在辍学之后,我很快就懂得,这些其实都不重要。

晚上,玛丽来找我,问我是否愿意跟她结婚。我说我无所谓,如果她想结婚,我们可以结婚。她于是想要知道我是否爱她。我又像上次那样回答了她,说这事毫无意义,但我也许并不爱她。她就问:"那你为什么要娶我为妻?"我对她解释说,这事无关紧要,说如果她想要结婚,我们就可以结婚。另外,这要求是她提出的,我只是说同意而已。她于是指出,结婚是一件大事,我回答说:"不是。"她沉默片刻,默默地看了看我。然后她又开始说话。她只想知道,如果另一个女人跟我有着同样的关系,也提出同样的建议,我是否会表示同意。我说:"当然会同意。"于是她心里在想,她是否爱我,而我却无法对此有所了解。她再次沉默片刻,然后低声说我这个人怪,说她也许是因为这点才爱上我的,但我可能会在有朝一日因同样的原因而使她感到厌倦。我无话可说,没有做声,她就微笑着挽起我的手,说她想跟我结婚。我回答说,她什么时候想结婚,我们就马上结婚。我于是把老板的建议跟她说了,玛丽对我说,她很想到巴黎去看看。我告诉她,我在巴黎住过一段时间,她就问我巴黎怎样。我对她说:"很脏。有鸽子和阴暗的院子。那里的人都皮肤洁白。"

然后,我们出去散步,从条条大街穿过城市。街上的女人都很漂亮,我问玛丽是否注意到了。她对我说是的,说她对我有了解。一时间,我们不再说话。但我希望她跟我待在一起,我对她说,我们可以一起去塞莱斯特的饭馆吃晚饭,她说很想去,但她有事。我们走到我住房附近,我跟她道别。她看了看我说:"你就不想知道我有什么事情?"我很想知道,但我没有想到这点,她因此显出责怪我的样子。这时,她看到我尴尬的样子,就又笑了起来,并把身子朝我靠了过来,给我送上她的吻。

我在塞莱斯特的饭馆吃了晚饭。我开始吃饭后,进来一个奇特的矮小女子,她问我是否可以坐在我的餐桌旁。当然可以。她手势急促,又不连贯,眼睛雪亮,小脸宛如苹果。她脱掉收腰上装,坐了下来,急躁地看了菜单。她叫唤塞莱斯特,立刻用清晰而又急促的声音把菜都点好。在等待冷盆端来时,她打开手提包,拿出一张方形小纸和一支铅笔,先把饭钱算好,然后拿出小钱包,加上小费,把钱放在面前。这时端来冷盆,她当即迅速吃完。在等下一道菜端来时,她又从提包里拿出一支蓝铅笔和一本介绍本周广播节目的杂志,她十分仔细,几乎把所有的节目都做了记号。那本杂志有十几页,因此在吃饭期间,她继续细心地做着这件事。我吃完饭后,她仍在认真地做记号。然后,她站起身来,穿上收腰上装就走了,动作仍像机器那样准确无误。我无事可干,也走出饭馆,跟在她后面走了一会儿。她走在人行道边上,走得极其迅速而又稳当,使人难以置信,她笔直往前走,没有回头。我最后无法看到她,就往回走。我觉得她这个人很怪,但很快就把她置之脑后。

我看到萨拉马诺老头在我家门口。我请他进去坐坐,他告诉我,他的狗丢了,因为在警察局招领处没有。那里的职员对他说,狗也许被车给轧死了。他当时问,在各个警察分局能否查到此事。他们对他回答说,这种事不会记录在案,因为每天都会发生。我对萨拉马诺老头说,他可以再养一条狗,但他不无道理地向我指出,他已习惯跟那条狗一起生活。

我蹲在床上,萨拉马诺则坐在桌前的一把椅子上。他面孔对着我,两只手放在膝盖上。他戴着那顶旧毡帽。在他发黄的小胡子下面的嘴里,一点点说出含含糊糊的话。我感到有点厌烦,但我无事可做,也不想睡觉。为了找话说,我就问起他的狗。他对我说,他是在妻子去世后养那条狗的。他很晚才结婚。年轻时,他想要搞戏剧:在团里,他是部队轻喜剧团的演员。他最终却进了铁路部门,但他并不后悔,因为他现在有一小笔退休金。他跟妻子在一起并不幸福,但总的来说,他跟她一起过已经非常习惯。他妻子死后,他感到十分孤独。于是,他便问车间里的一个同事要了一条狗,那条狗当时还很小。他得用奶瓶喂它。但狗的寿命比人短,因此他们最终一起衰老。"它脾气不好,"萨拉马诺对我说,"我们常常吵嘴。但它仍然是一条好狗。"我说是良种犬,萨拉马诺就显出高兴的样子。他又说:"它患病之前,您还没有见到过它呢。它最漂亮的是全身的皮毛。"狗得了这种皮肤病之后,每天晚上和早上,萨拉马诺都要给它涂药膏。但在他看来,狗真正的疾病是衰老,而衰老是无法治好的。

这时,我打了个哈欠,老头对我说他要走了。我对他说,他可以再待一会儿,并说我为他丢失狗的事感到烦恼:他因此对我表示感谢。他对我说,我妈妈很喜欢他的狗。在谈到她时,他称之为"您可怜的母亲"。他在想,我在母亲去世后想必十分难过,但我没有回答。他于是告诉我,说得很快,脸色尴尬,说他知道街区里对我评价不好,因为我把妈妈送进了养老院,但他对我了解,知道我很爱妈妈。我回答说,但我现在仍不知道当时为什么这样回答,我说我在此之前,一直不知道别人在这方面对我评价不好,但我觉得送她进养老院理所当然,因为我没钱请人照顾妈妈。"另外,"我还说,"她早就跟我无话可说,独自待着也很无聊。""不错,"他对我说"在养老院,至少可以找到朋友。"然后,他起身告辞。他想去睡觉。现在,他生活发生了变化,他真不知道以后该怎么过。这时他悄悄向我伸出了手,我认识他之后他是第一次这样做,我感到他皮肤上有痂盖。他莞尔一笑,在走之前对我说:"我希望今天夜里那些狗别叫。我总是以为是我的狗在叫。"

六

星期天,我沉睡难醒,得要玛丽叫我、推我才会醒来。我们没吃早饭,因为我们想早点儿去洗海水浴。我感到茫然若失,脑袋也有点疼。我的香烟有一股苦味。玛丽嘲笑我,因为她说我"哭丧着脸"。她身穿白布连衣裙,披着头发。我对她说,她很漂亮,她高兴地笑了。

要下楼时,我们敲了雷蒙的门。他对我们回答说,他正要下去。走到街上,我由于疲倦,也因为我们没有打开百叶窗,充满阳光的白昼朝我袭来,如同打了我一记耳光。玛丽高兴得蹦蹦跳跳,不断说天气多好。我感到舒服了一点,发现自己肚子饿了。我跟玛丽说了,她对我指了指她的漆布手提包,里面放着我们俩的游泳衣和一条毛巾。我只好等待,我们听到雷蒙关门的声音。他穿着蓝色长裤和白色短袖衬衫。但他戴了顶扁平狭边草帽,玛丽看到后笑了起来,他的前臂雪白,上面长着黑色汗毛。我见了有点讨厌。他下楼时吹着口哨,样子十分得意。他对我说"你好,老弟",并称玛丽为"小姐"。

前一天,我们去了警察分局,我证明那娘儿们对雷蒙"做了错事"。他受到一次警告,就完事了。他们没有对我的证词加以核实。在门口,我跟雷蒙谈了这件事,然后我们决定去乘公共汽车。海滩不是很远,但乘车去到得更快。雷蒙认为,他的朋友看到我们到得早会感到高兴。我们正要走,雷蒙突然对我做了个手势,要我看看对面。我看到一群阿拉伯人背靠在香烟店的橱窗上。他们默默地看着我们,但以他们的方式看,仿佛我们是石头或枯树。雷蒙对我说,左起第二人就是他说的那个家伙,并显出忧心忡忡的样子。他又说,不过现在事情已经了结。玛丽听不大懂,就问我们是怎么回事。我对她说,一些阿拉伯人对雷蒙有怨气。她希望我们立刻离开。雷蒙挺直身子,并笑着说,得赶快走。

我们朝车站走去,车站有点远,雷蒙告诉我,那些阿拉伯人没有跟着我们。我回头观看。他们仍在原来的地方,仍然无动于衷地看着我们刚刚离开的地方。我们乘上车。雷蒙看来已完全放心,他不断对玛丽开玩笑。我感到他喜欢她,但她几乎没有搭腔。有时,她笑着看看他。

我们在阿尔及尔郊区下车。海滩离车站不远。但要穿越俯瞰大海的小高地才能到达海滩。高地上布满发黄的石块和白色阿福花,展现在已蓝得刺眼的天空上。玛丽用力摆动漆布手提包,把花瓣散落在地,觉得十分有趣。我们从一排排小别墅之间穿过,别墅的栅栏呈绿色或白色,有几幢别墅跟阳台一起隐匿在柽柳树下,另外几幢周围没有树木,只有石头。在走到高地边缘之前,已经能看到纹丝不动的大海,以及稍远处一个巨大岬角,在清澈的水中昏昏欲睡。轻微的马达声在宁静的空气中响起,一直传到我们耳边。我们看到,在遥远而又明亮的海面上,一艘小小的拖网渔船在往前行驶,却又难以察觉。玛丽采了几朵鸢尾花。我们下坡去海边时,看到已经有几个人在洗海水浴。

雷蒙的朋友住在海滩尽头的一座小木屋里。木屋背靠悬崖,房屋前面的桩柱已在水中。雷蒙把我们向他朋友作了介绍。他朋友名叫马松。此人身材高大,虎背熊腰,他妻子矮胖,面目和善,说话巴黎口音。马松立刻叫我们不要拘束,说他有油炸鱼,鱼是在当天早上捕到的。我对他说,我觉得他屋子非常漂亮。他告诉我,他星期六、星期天以及所有的假日都是在这里过的。他又说:"你们跟我妻子会合得来。"确实,他妻子已在跟玛丽说笑。这时,我也许第一次产生这种想法,那就是我要结婚。

马松想去洗海水浴,但他妻子和雷蒙不想去。我们三人走了下去,玛丽立刻跳进水里。马松和我等了一会儿。他说话很慢,我发现他有个习惯,不论说什么,前面都要加上"我还要说",即使他其实对他说的话并未作任何补充。谈到玛丽,他对我说:"她真棒,我还要说,她真可爱。"后来,我就不再注意这个口头语,因为我一心品尝阳光赋予我的舒适感觉。沙石开始在脚下变热。我很想下水,却又迟疑不决,但我最后对马松说:"下水,好吗?"我跳进水里。他也慢慢走进水里,等到站立不稳才跳进去。他游蛙泳,游得很差,因此我就丢下他去跟玛丽会合。海水凉快,我游泳开心。我跟玛丽一起游得很远,我们都感到两人动作协调,心满意足。

在大海,我们仰躺在水面上,我脸朝天空,阳光驱散最后几片水幕,水流入我的口中。我们看到马松回到海滩,躺下晒太阳。远远望去,他显得庞大。玛丽希望我们一起游。我就游到她后面,抱住她的腰,她用手臂划水,我用脚击水相助。轻轻的击水声在上午一直伴随着我们,直至我感到疲倦。于是,我放开玛丽,游着回去,我按正常方式游泳,呼吸随之顺畅。在海滩上,我卧伏在马松旁边,把脸埋在沙中。我对他说"很舒服",他也看法相同。过了一会儿,玛丽来了。我翻过身来,看着她走来。她浑身黏附着海水,头发拖在后面。她靠着我躺了下来,她的身体和太阳所散发的这两种热气,使我睡着了一会儿。

玛丽推醒了我,并对我说,马松已经回屋,该去吃午饭了。我立即站了起来,因为我肚子饿,但玛丽对我说,从今天早上起我还没有拥吻过她。确实如此,而我也想吻她。她对我说:"来吧,下水。"我们跑着过去,以投入首批涌来的碧波之中。我们用蛙泳游了几下,她靠在我身上。我感到她的腿夹住了我的腿,我想跟她做爱。

我们回屋时,马松已在叫唤我们。我说我肚子很饿。他立刻对他妻子说,他喜欢我这样。面包很好吃,我狼吞虎咽般吃掉那份油炸鱼。接着端来的是肉和炸土豆。我们吃饭时都没有说话。马松不时喝酒,并不断给我倒酒。喝咖啡时,我脑袋有点儿沉,我就抽了很多烟。马松、雷蒙和我,我们打算八月份一起在海滩过,费用共同负担。玛丽突然对我们说:"你们知道现在是几点钟?现在十一点半。"我们都感到惊讶,但马松说,我们饭吃得很早,并说这也合情合理,因为吃午饭的时候,也就是肚子饿的时候。我不知道为什么玛丽听了会发笑。我现在觉得,她当时酒喝得有点过多。马松于是问我,是否愿意跟他一起在海滩散步。"我妻子每天都要睡午觉。我呢,我不喜欢睡。我得要出去走走。我总是对她说,这样对健康更加有益。但这毕竟是她的权利。"玛丽说,她留下来帮马松太太洗碗碟。那矮小的巴黎女人说,为此,得把男人都赶出去。

我们三个就走了出去。

这时可说是烈日当空,直射沙滩,海面上的反光十分刺眼。海滩上已空无一人。高地边上俯瞰大海的一座座木屋里,传出了刀叉盘碟的声音。石头的热气由地而起,使人几乎喘不过气来。雷蒙和马松先是谈了些我不知道的事和不认识的人。我看出他们早已相识,而且有一段时间曾在一起生活。我们朝海边走去,然后在海边散步。有时,一个海浪冲得更远,把我们的布鞋弄湿。我一无所思,因为这太阳照在我没戴帽子的头上,使我处于半睡半醒的状态。

这时,雷蒙对马松说了句话,我没有听清楚。但与此同时,我看到在离我们很远的海滩尽头,有两个穿司炉蓝工作服的阿拉伯人,正朝我们这里走来。我对雷蒙看了一眼,他对我说:"就是他。"我们继续走着。马松问,他们怎么会一直跟踪我们到这儿。我想,他们想必看到我们乘车时拿着海滩用品包,但我什么也没说。

这两个阿拉伯人慢慢地往前走,但已离我们很近。我们并未改变脚步,但雷蒙说:"万一打起来,你马松对付第二个。我来收拾我的对头。如果再来一个,就由你默尔索来处理。"我说:"行。"马松把双手伸进口袋。我现在觉得,晒得发烫的沙石如烧红一般。我们迈着同样的脚步朝这两个阿拉伯人走去。我们之间的距离以相同的速度减少。我们相距几步远时,这两个阿拉伯人停下脚步。马松和我也放慢了脚步。雷蒙直接朝他的对头走去。我没有听清他对那个人说了些什么,但见那人显出要动手的样子。于是,雷蒙先动手打他,并立刻叫唤马松。马松就朝给他指定的那个人走去,狠狠地打了他两下。那个阿拉伯人脸朝下倒在水里,就这样待了几秒钟的时间,脑袋周围冒出气泡。这时,雷蒙也打了那个家伙,只见那人满脸是血。他朝我转过身来,并说:"你看着他会拿出什么。"我对他叫道:"小心,他手里有刀!"但雷蒙的手臂已给刀划开,嘴上也给划破。

马松往前一跳。但另一个阿拉伯人已站了起来,走到拿刀的那个家伙后面。我们不敢动弹。他们慢慢后退,但仍看着我们,并用刀来威胁,使我们无法接近。他们看到自己有路可退,就迅速逃跑,而我们仍站在太阳底下纹丝不动,雷蒙则紧握着流血的手臂。

马松立刻说,有个大夫每星期天都在海滩上度过,就住在高坡上。雷蒙想马上去找那大夫。但他一开口说话,血泡就从嘴上的伤口里冒出。我们扶着他尽快回到木屋。到了那里,雷蒙说他伤口不深,可以自己去找医生。他跟马松一起去了,我待在屋里,把发生的事说给两个女人听。马松太太哭了,玛丽的脸色十分苍白。我给她们说这事,感到厌烦。我最后不做声了,就望着大海开始抽烟。

将近一点半时,雷蒙跟马松回来了。他手臂已包扎好,嘴角贴着橡皮膏。大夫对他说这伤不要紧,但雷蒙显得十分忧郁。马松想要引他发笑。但他仍然没有说话。他后来说要到海滩上去,我问他要去哪儿。马松和我都说要陪他去。他就勃然大怒,把我们骂了一顿。马松说不该惹他生气。但我还是跟着他出去。

我们在海滩上走了很长时间。现在骄阳似火,在沙滩和海面上是铄石流金。我感到雷蒙知道要去哪儿,但也许是我看错。在海滩尽头,我们最终走到一个泉眼处,泉水在一个大悬崖后面的沙地上流出。在那里,我们遇到跟我们打架的那两个阿拉伯人。他们躺着,身上穿着油迹斑斑的蓝色司炉工作服。他们显得十分平静,可说是满意。我们来了之后也没有丝毫变化。刺伤雷蒙的那个家伙一声不吭地看着他。另一人一面在吹一段芦苇秆子,一面用眼角瞟着我们,不断吹出三个音符。

在这段时间里,只有阳光和这种沉默,还有泉水淙淙和芦苇秆子吹出的三个音符。后来,雷蒙把手伸进放手枪的口袋,但对方并未动弹,他们仍然四目对视。我发现吹芦苇秆子的那个家伙脚趾叉得很开。雷蒙一面用眼睛盯着对手,一面问我:"我要把他干掉吗?"我心里在想,如果我说不要,他就会发火,肯定会开枪。我只是对他说:"他还没有对你说话。这样开枪会显得不大光彩。"在沉默和炎热之中,又听到泉水和芦苇秆子的声音。后来雷蒙说:"那么,我先骂他,他要是还口,我就把他干掉。"我回答说:"就这样。但要是他不拿出刀子,你就不能开枪。"雷蒙开始有点恼火。另一个阿拉伯人仍在吹芦苇秆子,他们都注视着雷蒙的一举一动。我对雷蒙说:"别这样。你还是跟他单打独斗,你把枪给我。要是另一个一起来打,或者他把刀拿出来,我就把他干掉。"

雷蒙把枪给了我,阳光在枪上闪亮。然而,我们仍待在那里一动不动,仿佛周围的一切已把我们封闭起来。我们圆睁双眼看着对方,这里一切都停顿下来,停顿在大海、沙滩和阳光以及芦苇秆子和泉水的沉寂之间。我这时心里在想,我可以开枪,也可以不开枪。但突然间,这两个阿拉伯人往后退,逃到了悬崖后面。于是,雷蒙和我就往回走。他显得心情舒畅,谈起回去的公共汽车。

我陪他一直走到木屋,他登上木梯时,我待在第一个梯级前面,脑袋被太阳晒得嗡嗡直响,想到要吃力地爬上楼梯,还要跟两个女人说话,不禁感到气馁。但天气炎热,耀眼的阳光如雨水般从天而降,我纹丝不动地待着也感到难受。待在这儿或是离开全都一样。片刻之后,我又开始朝沙滩走去。

沙滩仍被晒得灼热耀眼。大海在沙滩上喘气,只见细浪卷起,呼吸急促而又困难。我慢慢地朝悬崖走去,感到前额被太阳晒得发胀。这热气都压在我身上,阻止我往前走。每当我感到强劲的热气扑面而来,我就咬紧牙关,在裤袋里紧握双拳,全身处于紧张状态,以战胜太阳以及它使我感到的这种模糊不清的醉意。沙石上、白色贝壳上或碎玻璃上射出的每一道光剑,都使我牙关紧咬。我走了好长时间。

我看到远处悬崖上有一小块阴暗的岩石,周围因阳光和海上尘雾而形成耀眼的光晕。我想到悬崖后面清凉的泉水。我想要再次听到淙淙泉水声,想要避开太阳、劳累和女人的哭泣,最终想要找到阴凉之处可以休息。但我走到近前时,却看到雷蒙的对头已回到那里。

他独自一人。他仰面躺着,双手枕在脑后,前额处于悬崖的阴影之中,但身体都在阳光的照耀之下。他的蓝色司炉工作服冒着热气。我感到有点意外。在我看来,这事已经结束,我来到这里时并未想到此事。

他看见我后,立刻稍稍直起身来,并把手伸进口袋。我自然就握住上衣口袋里雷蒙的手枪。于是,他又往后躺下,但没有把手从口袋里伸出。我离他很远,有十来米的距离。我可以看出,他不时眯缝着眼睛看着我。但他的形象往往是在我眼前灼热的空气中舞动。海浪仍然发出懒散的声响,但比中午时分更为平静。太阳依旧,同样的阳光照在延伸到这里的同样的沙滩上。这白昼保持不变,已有两个小时,白昼在沸腾的金属海洋里抛锚,已有两个小时。在地平线上,一艘小轮船驶过,我在视野边上看出它这个黑点,因为我一直看着那个阿拉伯人。

我心里在想,我只要转身走开,事情就会结束。但整个海滩都被太阳晒得颤动,从后面向我压来。我朝泉眼走了几步。阿拉伯人没有动弹。不管怎样,他还离我很远。也许是因为他脸上的阴影,他像是在笑。我等待着。太阳晒得我面颊发烫,我觉得一滴滴汗水积在眉毛上。这太阳跟我安葬妈妈的那天一模一样,我像那天那样,感到额头难受,皮肤下的血管都在一起跳动。这样炎热,我无法忍受,就往前移动。我知道这样做很愚蠢,知道往前走一步无法避开太阳。但我往前走了一步,仅仅走了一步。这时,阿拉伯人并未直起身子,却把刀子拿出,在阳光下用刀对准我。阳光在钢刀上反射出来,如同闪亮的光剑直刺我的前额。与此同时,积聚在眉毛上的汗水一下子流到眼睛上,蒙上厚厚一层温热的水帘。我的眼睛因被汗帘遮挡而无法看到。我只觉得太阳如铙钹般压在我额头上,而从刀子射出的光剑,仍然模糊不清地呈现在我面前。这灼热的光剑刺坏我的睫毛,刺得我的眼睛疼痛。于是,一切都开始摇晃。大海呼出一大口热气。我感到天门敞开，以让天火降落。我全身紧张，握紧手枪。扳机扣动，我触及光滑的枪托，这时响起生硬而又刺耳的声音，一切都在这枪声中开始。我把汗水和阳光抖掉。我知道自己打破了这一天的平衡，打破了海滩上非同寻常的寂静，我在这海滩上曾经幸福。接着，我又对着那不动的身体开了四枪，打进去的子弹并未出来。我仿佛在厄运之门上急促地敲了四下。

第 二 部

一

我被捕后,立即被审讯多次。但这些审讯都时间不长,问的是身份问题。第一次在警察分局,我的案件似乎无人感兴趣。八天之后,预审法官恰恰相反,好奇地对我进行打量。但一开始,他只是问了我的姓名和住址、我的职业以及我出生的时间和地点。然后,他想知道我是否请了律师。我说没有,并问他是否一定要请律师。他说:"干吗要问?"我回答说,我认为我的案件十分简单。他微笑着说:"这是一种看法,然而,有法律规定。即使您不请律师,我们也要给您指定一位。"我认为司法机关管这些细枝末节的事,使人十分方便。我把这看法对他说了。他同意我的看法,并得出结论,认为法律制定得很好。

起初,我没把他当一回事儿。他是在一个挂有窗帘的房间里见我的,他的办公桌上只有一盏灯,照亮他让我坐的那把扶手椅,而他自己则待在阴暗之处。我已在书里看到过类似的描写,觉得这些如同游戏一般。相反,在我们谈话之后,我对他进行观察,看到他面目清秀,蓝眼睛深陷,身材高大,长长的小胡子呈灰色,头发浓密,几乎花白。我觉得他非常通情达理,总的说来讨人喜欢,虽说不时因神经性抽搐而噘嘴。我走出房间时,甚至想跟他握手,但我马上想起自己杀过人。

第二天,一位律师来监狱看我。他是个矮胖子,相当年轻,头发梳理整齐。虽然天气很热(我没穿外衣),他仍穿着深色西装,戴上浆过的硬折领,系的领带奇特,有黑白两色粗条纹。他把夹在腋下的公文包放在我床上,作了自我介绍,并对我说,他已研究过我的案卷。我的案件棘手,但他并不怀疑会胜诉,只要我对他信任。我对他表示感谢,他对我说:"我们现在来谈问题的要害。"

他在我床上坐下,并对我解释说,他们已了解我的私人生活。他们已经知道,我母亲不久前已在养老院去世。于是他们在马伦戈进行了调查。预审法官们获悉,在妈妈葬礼那天,"我显得无动于衷"。我的律师对我说:"您要知道,对您询问此事,我感到有点尴尬。但此事十分重要。如果我找不到任何解释,这将是对您指控的重要证据。"他希望我助他一臂之力。他问我那天是否感到难过。这个问题使我感到十分惊讶，我觉得如果要我提出这个问题，我会感到十分尴尬。然而我回答说，我已有点不大习惯回顾往事，因此很难向他提供这方面的情况。我当然很爱妈妈，但这事毫无意义。人只要智力健全，都或多或少地希望自己所爱的人死去。说到这里，律师打断了我的话，并显得烦躁不安。他要我保证不说这话，不在审讯时说，也不对预审法官说。然而，我对他解释说，我生性如此，我身体的需要往往会使我感情失常。我在安葬妈妈那天十分疲劳，困得只想睡觉。因此，我对当时发生的事并未觉察。我可以确定无疑地说，我希望妈妈最好不要死去。但我的律师并未显出高兴的样子。他对我说："这样说还不够。"

他进行思考。他问我是否能说，我在那天克制了我自然的感情。我对他说："没有，因为这是假话。"他样子古怪地看了看我，仿佛我使他感到有点讨厌。他几乎是不怀好意地对我说，不管怎样，养老院的院长和职工将作为证人被听证，并说"这可能会使我十分难堪"。我对他指出，这事跟我的案件没有关系。但他只是对我回答说，我显然从未跟司法机关打过交道。

他走时显出生气的样子。我真想把他留下，并对他解释，说我希望他同情我，并不是为了得到更好的辩护，而是——如果我可以这样说的话——自然产生的想法。尤其是我看到我使他感到局促不安。他并不理解我的想法,对我有点抱怨。我想要对他声明,我跟大家一样,跟大家完全一样。但实际上,说这些话用处不大,而且我也懒得去说。

不久之后,我又被带到预审法官面前。时间是下午两点,这一次他的办公室光线明亮,只是因挂有薄纱窗帘而变得有所柔和。天气很热。他叫我坐下,并彬彬有礼地对我说,我的律师因为"临时有事"而无法前来。但我有权不回答他的问题,并等我律师来时再回答。我说我可以独自回答。他用手指按了桌上的电钮。一个年轻的书记员走了进来,几乎就坐在我的背后。

我和预审法官都端坐在扶手椅上。审讯开始。他先是对我说,有人说我性格内向、沉默寡言,他想知道我对此有何看法。我回答说:"这是因为我从未有要紧的事要说。于是我就默不作声。"他像第一次那样微微一笑,承认这理由最为充分,并补充说:"另外,这也无关紧要。"他停了一下,看了看我,然后突然挺直身子,十分迅速地对我说:"我感兴趣的是您。"我对他这话的意思不大理解,就没有回答。他又说:"在您的行为中,有些事我弄不明白。我相信您会帮助我搞清楚。"我说事情都十分简单。他非要我把那天的事再说一遍。我就把上次给他说的事又说了一遍:雷蒙,海滩,洗海水浴,打架,又是海滩,小泉眼,太阳,还有开了五枪。我每说一句,他都说:"好,好。"我说到倒在地上的尸体,他就表示赞同地说:"好。"而我把同样的故事再说一遍,感到厌烦,我觉得自己从未说过这么多的话。

沉默片刻之后,他站起来对我说,他想要帮助我,说我使他感兴趣,并说借助于上帝的帮助,他会为我做些事。但在此之前,他还想对我提出几个问题。他没有转弯抹角,而是直接问我是否爱妈妈。我说:"爱,就像大家一样。"书记员在此之前打字一直很有规律,这时想必按错按键,因为他慌慌张张,只好回过去重打。预审法官的问题看起来仍然没有必然的联系,他于是问我,我是否连开五枪。我想了一下说,我先开了一枪,几秒钟之后又开了四枪。他就问:"在第一次开枪之后,您为什么要等待片刻才第二次开枪?"这时,我眼前再次展现火红的海滩,并感到额头被太阳晒得滚烫。但这次我没有回答。接着是一阵沉默,预审法官显得烦躁不安。他坐了下来,用手在头发里乱搔,把胳膊肘支在桌上,稍稍朝我俯下身子,显出奇特的神色:"为什么,为什么您朝倒在地上的尸体开枪?"对这个问题,我也不知该如何回答。法官用双手捂着额头,又重提他的问题,声音有点变样:"为什么? 您必须告诉我。为什么?"我仍然一声不吭。

突然,他站起身来,大步走向办公室的一边,在一个文件柜里拉出一个抽屉。他从抽屉里拿出一个带耶稣像的银质十字架,朝我走来,一面晃动着十字架。他用截然不同、几乎是颤抖的声音叫道:"您是否认得这个东西。"我说:"认得,当然认得。"于是,他十分迅速而又充满热情地对我说,他相信天主,并相信任何人罪孽不管如何深重,都可以得到天主的宽恕,但要得到天主宽恕,人就要在悔过时变得跟孩子一样,心灵空无一物,准备接受任何思想。他的身子都俯在桌上。他挥动十字架,几乎就在我的头顶上。说实话,我对他的推理难以理解,首先是因为我感到热,在他的办公室里又有几只大苍蝇停在我脸上,而且还因为他使我感到有点害怕。我同时看出,这样滑稽可笑,因为罪犯毕竟是我。但他继续在说。我基本上听懂了,那就是在他看来,我的供词中只有一点不清楚,那就是我为什么等待片刻后才开第二枪。其实一切都十分清楚,但这点他并不理解。

我正要对他说,他非要这样问没有道理:这最后一点并非如此重要。但他打断了我的话,最后一次对我进行劝告,他挺直身子,问我是否信仰天主。我回答说不信。他气愤地坐了下来。他对我说,这是不可能的,并说所有人都信仰天主,即使对天主不屑一顾的人也都信仰。这就是他的信念,他一旦对此怀疑,他的生活就会失去意义。他大声叫喊:"您是否希望我的生活失去意义?"在我看来,这事跟我无关,我把这想法对他说了。但这时他已从桌子的另一边把十字架上的基督像拿到我的眼前,并毫不理智地大声说:"我是天主教徒,我请求基督原谅你的错误。你怎么能不相信他是为你而受苦?"我清楚地发现,他在用"你"来称呼我,但我已感到厌烦。房间里愈来愈热。像以前一样,我想要摆脱一个人,就几乎不去听他说话,就装出赞同的样子。我感到意外的是,他显得扬扬得意地说:"你看,你看。你不是信天主了? 不是要把心里话说给他听?"我当然再次说"不是"。他顿时倒在扶手椅上。

他显得十分疲倦。他默默地待了一会儿,在这段时间里,打字机因没跟上我们的谈话,还在打最后几句话。然后,他对我注视片刻,表情有点伤心。他低声说:"我从未见到过像您这样顽固不化的灵魂。来到我面前的罪犯,见到这痛苦的形象都要哭泣。"我想要回答,这正是因为他们是罪犯。但我想到,我也跟他们一样。这是我无法产生的一种想法。于是,法官站起身来,仿佛向我表示,审讯已经结束。他显得有点不耐烦,只是问我对自己的行为是否感到后悔。我思考后说,与其说真正后悔,不如说我感到有点厌烦。我觉得他没有听懂我的话。但那天的事也就到此收场。

后来,我经常见到预审法官。只是我每次都由我的律师陪同。他们只是要我把以前说过的某些问题说得更加明确。或是预审法官跟我的律师讨论控告我的罪名。但实际上,他们在这些时候从未关心过我。不管怎样,审讯的调子已逐渐改变。看来法官已不再对我感兴趣,他似乎已在某种程度上把我的案件结案。他不再跟我谈论上帝,我也没有再次看到他像第一天那样激动。结果是我们的谈话变得更为亲切。提几个问题,跟我的律师略加交谈,一次次审讯就此结束。用法官的话来说,我的案件进展正常。有几次,在谈到一般性问题时,他们让我一起谈。我开始感到轻松。在这些时候,没有人对我凶狠。事情都进行得十分自然,安排得完美无缺,装模作样也极其审慎,因此我产生"亲如一家"的滑稽感觉。我现在可以说,预审进行了十一个月之后,我感到惊讶的是,我从未像这些罕见的时刻那样高兴的是,法官每次把我送到他办公室的门口,就拍拍我的肩膀,并亲热地对我说:"今天就到此结束,反基督先生。"然后我由警察带走。

二

有些事,我一直不喜欢说。我关进监狱几天之后,就知道我以后不会喜欢谈论这一段经历。

后来,我觉得这种反感无足轻重。实际上,在前几天,我不像真的在坐牢:我在模糊地等待某个新的事件发生。只是在玛丽第一次也是最后一次来探监之后,监狱生活才真正开始。有一天,我收到她的来信(她对我说,他们不准许她再来,因为她不是我的妻子),从那天起,我在我的单人牢房里就像在我家里一样,感到我的生活将在这里结束。我被捕那天,先是被关在一个房间里,那里已经有好几个囚犯,大部分是阿拉伯人。他们看到我进去笑了起来。接着他们问我犯了什么罪。我说杀了一个阿拉伯人,他们就不吭声了。但片刻之后,暮色降临,他们告诉我应该如何铺我睡觉的席子。把席子的一端卷起来,可以当枕头用。几只臭虫整夜都在我脸上爬。几天之后,我被关进单人牢房,睡在一张木板床上。牢房里有一个木制马桶和一个铁脸盆。监狱坐落在城市的高地上,我从一扇小窗可以看到大海。有一天,我正抓住窗上的栅栏,脸朝着阳光,一个看守进来对我说,有人来探监。我想是玛丽。果然是她。

我去探监室,得穿过一条长长的走廊,然后走上楼梯,最后穿过另一条走廊。我走进一间十分宽敞的大厅,大厅由一扇大窗射进的阳光照亮。大厅被两道大栅栏在长的一边一分为三。栅栏之间有八至十米宽的空间,把探监者和囚犯隔开。我看到玛丽在我对面,身穿面料有条纹的连衣裙,脸晒成棕褐色。我旁边有十来个囚犯,大多是阿拉伯人。玛丽周围都是摩尔人,左右两边是两个女人:一个是矮小的老太太,身穿黑衣,嘴唇紧闭,另一个是肥胖的女人,没戴帽子,说话声音很响,说时指手画脚。由于两个栅栏之间距离很大,探监者和囚犯说话只好提高嗓门。我走进大厅,就听到嘈杂的说话声在高大、光秃的墙壁之间回响,而强烈的阳光从天上射到玻璃窗上,然后又射到厅里,使我感到头昏脑涨。我的单人牢房更为安静、阴暗。我得要几秒钟的时间,才适应大厅里的噪音和亮光。我最终清楚地看到亮光中显现的每一张脸。我发现一个看守坐在走廊尽头,在两道栅栏之间。大部分阿拉伯囚犯及其家人都面对面蹲着。他们没有大喊大叫。虽然声音嘈杂,他们低声说话仍能相互听到。他们沉闷的低语声从低处响起,仿佛构成了他们头顶上进行的各种谈话的通奏低音。我朝玛丽走去时,很快就发现了这些情况。这时,她已把身体贴在栅栏上,尽量朝我微笑。我觉得她非常漂亮,但我不知该如何向她说出我的看法。

"怎么?"她大声对我说。——"怎么,就这样。"——"你好吗?你需要的东西都有吗?"——"好,都有。"

我们都不吭声了,玛丽仍在微笑。那个胖女人对着我旁边的人在吼叫,那人想必是她丈夫,他个子高大,头发金黄,目光坦率。他们是在继续已开始的谈话。

"让娜不想要他。"她使劲叫喊。——"是的,是的。"那男的说。——"我对她说,你出来后还会雇用他,但她不想要他。"

玛丽也在叫喊,说雷蒙向我问好,我就说:"谢谢。"但我的声音被我旁边的男人盖了下去,他在问"他是否好"。他妻子笑着说"他从未像现在这样好"。我左边是个矮小的青年,两手纤细,一声不吭。我发现他对面是个矮小的老太太,他们俩相互注视。但我没有时间再去观察他们,因为玛丽对我叫喊,叫我要抱有希望。我说:"不错。"同时我看着她,真想在她裙子外面搂住她的肩膀。我想要抚摸这轻薄的衣料,我不太清楚,除了摸到这衣料之外,我还要抱有什么希望。但这也许正是玛丽想要说的,因为她仍在对我微笑。我只看到她发亮的牙齿和眯着笑的眼睛。她又叫喊:"你一定会出来,我们就结婚!"我回答说:"你相信吗?"但我说这话只是没话找话说。于是她十分迅速并且仍然大声地说"相信",说我会被宣告无罪,我们还会去洗海水浴。但另一个女人也在吼叫,说她把一个篮子留在书记室里。她列举放在篮子里的所有东西。得要去核实一下,因为那些东西都很贵。我另一边的那个人和他母亲仍在相互对视。阿拉伯人的低语声仍在我们下面响起。外面的阳光仿佛在窗子上膨胀。

我感到有点不舒服,想要离开。噪声使我感到难受。但另一方面,我还想看到玛丽。我不知道当时过了多少时间。玛丽跟我谈了她的工作,她不断在微笑。低语声、叫喊声和谈话声交织在一起。唯一沉默的孤岛在我旁边,是相互对视的矮小青年和老太太。阿拉伯人被一个个带走。第一个人出去后,其他人几乎都不吭声了。矮小的老太太走近栅栏,与此同时,一个看守向她儿子做了个手势。那儿子说:"再见,妈妈。"她把手伸进栅栏的两根铁条之间,向他轻轻地摆摆手,摆动得缓慢而又长久。

她出去时,一个手拿帽子的男人走了进来,在她的座位上坐了下来。一个囚犯被带了进来,他们开始热烈交谈,但压低声音,因为大厅里又变得十分安静。有人来带走我右边那个人,他妻子对他说话时没有压低嗓门,仿佛她没有发现这时已不再需要大喊大叫:"好好照顾自己,你要小心。"然后轮到我了。玛丽做了拥吻我的手势。我走之前转过头去观看。她一动不动地待着,脸贴在栅栏的铁条上,仍然在强颜欢笑。

不久之后,她给我写了信。我一直不喜欢谈论的事情,就从这时起开始发生。不管怎样,对这些事都不能有丝毫夸大,而我要做到这点,却比别人更加容易。

我被羁押初期，最难受的是我的一些想法如同自由人一样。譬如说，我想去海滩，想要下海。想到首批冲到我脚掌的海浪的声音，想到我身体进入海水之中，以及我在水中解脱的感觉，我突然感到我监狱的墙壁近在咫尺。但这种感觉只持续了几个月的时间。后来，我就只有囚犯的想法。我等待每天到院子里放风或是我律师的来访。我把其他时间也安排得很好。我常常在想，如果让我住在枯树的树干里，不做别的事情，只是观看天上花卉般的图案，我也会逐渐感到习惯。我会等待飞鸟掠过或云彩会聚，就像我在此等待我律师的奇特领带出现，如同在另一个世界里，我耐心地等待星期六来临，以便拥抱玛丽的身体。然而，仔细一想，我并不是在枯树里面。有些人比我更加不幸。这还是妈妈的一种想法，她常常这样说，并说对任何事情，最后都会感到习惯。

另外，我平常不会想得这样远。前几个月十分难熬。但正是因为我做出努力，我才顺利度过这些时光。譬如说，我想要搞到一个女人，感到十分痛苦。这很自然，我还年轻。我从未专门想到玛丽。但我在想一个女人，想所有的女人，想我认识的所有女人，想我爱恋她们的种种情况，想得我牢房里充满了这些女人的形象，充满了我的种种欲望。从某一方面说，这使我心理失衡。但从另一方面说，这样可以消磨时光。我最终赢得了看守长的同情,他在开饭时都陪同厨房的伙计前来。是他首先跟我谈起了女人。他对我说,这是其他囚犯首先抱怨的事。我对他说,我跟他们一样,并说我认为这种待遇并不公正。他说:"但正是为了这事才把你们关进监狱。"——"怎么,是为了这事?"——"当然啰,自由嘛,就是这事!你们被剥夺了自由。"我从未想到这点。我对他的话表示同意。我对他说:"不错,否则惩罚什么?"——"是的,您理解这些事。其他人都不理解。但他们最终自我安慰。"然后,看守长就走了。

还有香烟的问题。我进监狱时,他们拿走了我的皮带、鞋带、领带以及我口袋里的所有东西,特别是香烟。进入单人牢房,我立刻要求他们把香烟还给我。但他们对我说,监狱里禁止吸烟。前几天十分难熬。也许这事使我最为沮丧。我吸着从床板撕下的一块块木头。我整天都想呕吐。我不知道为什么不让我抽烟,抽烟对任何人都没有害处。后来我得知这也是一种惩罚。但这时不抽烟已成为我的习惯,这种惩罚也就不再是对我的惩罚。

除了这些烦恼的事,我并不是极其不幸。主要的问题还是如何消磨时间。我最终不再感到厌烦,那是在我学会回忆之后。我有时想起我的房间,我想象从房间一个角落开始走,列举出走一圈又回到原处会看到的一件件物品。起初,这事很快就做完。但每次我重做一遍,花的时间就多了一点。因为我想起每件家具,想起放在每件家具上的每个物品,以及每个物品的细枝末节,如有什么镶嵌和裂痕,或是边上有什么缺损,是什么颜色或有什么纹理。与此同时,我试图不要搞乱我列举物品的次序,并且不要有丝毫遗漏。因此,几个星期之后,我可以花费几个小时的时间,只是用来清点我房间里的东西。这样,我越是进行思考,就有越来越多未被重视和已被遗忘的东西从我记忆中出现。我于是得知,一个人即使只生活过一天,也可以毫不难受地在监狱里度过百年岁月。他会记住许多东西,不会感到无聊。从某种意义上说,这也是一种优点。

还有睡眠问题。起初我夜里睡不好,白天根本就睡不着。后来我夜里渐渐睡得好了,白天也能睡着。我可以说,在最后几个月里,我一天要睡十六至十八个小时。这样,我只剩下六个小时要消磨,用来吃饭、大小便、进行回忆,还有捷克斯洛伐克人的故事。

在我的草垫和床板之间,我找到一张旧报纸,几乎黏附在草垫的布料上,颜色发黄,已变得透明。报上刊登一则社会新闻,缺少开头部分,但想必发生在捷克斯洛伐克。一个男人离开捷克的村庄,想发财致富。二十五年之后,他有钱了,带着妻子和一个孩子回到故乡。他母亲和妹妹在自己的村子里开了家旅馆。为了让她们感到惊喜,他把妻子和孩子留在另一家旅馆,他自己来到他母亲的旅馆,他进去时,他母亲没有把他认出。为开玩笑,他要了一个房间,把自己的钱都让她们看到。夜里,他母亲和妹妹用榔头把他砸死,以夺取他的钱财,并把他的尸体扔进河里。第二天早晨,他妻子来了,不知道昨夜发生的事情,就说出了这旅客的身份。他母亲上吊自杀。他妹妹投井而死。这个故事,我想必读了几千遍。一方面,这事难以置信。另一方面,却又合情合理。不管怎样,我认为这旅客有点咎由自取,认为绝不应该弄虚作假。

这样,睡觉、回忆、读这则社会新闻以及白昼和黑夜交替出现,时光就这样流逝。我曾在书中读到,在监狱最终会失去时间的概念。但这对我来说意义不大。我弄不清楚,这一天天的日子,怎么才会既长又短。日子要过,当然就长,但在拉长之后,这一天天的日子最终就相互混杂在一起。它们因此就失去了自己的名称。对我来说,只有"昨天"或"明天"这两个词才有意义。

有一天,看守对我说,我已关了五个月,这话我相信,但并不理解。在我看来,我牢房里不断出现的是同样的日子,我做的也是同样的事情。那天看守走后,我用铁饭盒当镜子照。我觉得自己模样严肃,即使我对着饭盒微笑也是如此。我摇晃面前的饭盒。我对着饭盒微笑,但显出的仍是严肃而又忧愁的模样。白天结束,这是我不想谈论的时间,这时间没有名称,这时夜晚的嘈杂声从监狱各个楼层的寂静行列中响起。我走近天窗,在夕阳的光线中再次观赏自己的模样。这模样仍然严肃,既然我此时此刻严肃,那又有什么可奇怪的呢?但与此同时,我几个月来第一次清楚地听到自己说话的声音。我听出这就是在漫长的日子里我耳边响起的声音,我因此得知,这段时间里我一直在自言自语。我于是想起妈妈葬礼时那个女护士所说的话。不,出路是没有的,谁也无法想象监狱里的夜晚是怎样的夜晚。

三

我可以说,夏天很快被第二年夏天所替代。我知道,天气乍热之后,我会有新的情况发生。我的案件定于重罪法庭最后一轮庭审时审理,而最后一轮庭审将于六月底结束。辩论开始时,外面骄阳似火。我的律师对我肯定地说,辩论的时间最多两三天。他又说:"另外,法庭会很忙,因为您的案件并不是这一轮庭审中最重要的案件。接下来要审一桩杀父案。"

上午七点半,他们来提我,囚车把我送到法院。两名法警把我带到一个阴凉的小房间里。我们坐在门旁等待，可以听到门后面有说话声、叫唤声、椅子挪动的声音以及搬移家具的嘈杂声，使我想起街区的节庆，在音乐会结束之后，大家搬移大厅里的桌椅，以便能在里面跳舞。两个法警对我说，得等到开庭才能去，其中一人递给我香烟，我谢绝了。他在片刻之后问我"是否害怕"。我回答说不怕。从某种意义上说，我甚至有兴趣看到案件的审理。我一生中从未有机会看到审理案件。另一个法警说："不错，但最终你会感到疲倦。"

过了一会儿，小铃声在房间里响起。于是，他们替我取下手铐。他们把门打开，叫我进入被告席。大厅里挤满了人。虽然挂有窗帘，阳光还是从一些地方渗入，里面的空气已经闷热。窗子全都关着。我坐了下来，两个法警站在我的两边。这时，我看到面前有一排面孔。这些脸都看着我：我看出他们是陪审员。但我无法说出这些脸之间有何区别。我当时只有一个印象：我就像是在有轨电车上的一排座位前面，这些不知其名的乘客都在窥视新上车的乘客，以发现他的可笑之处。我现在清楚地知道，这种想法幼稚可笑，因为他们寻找的不是可笑之处，而是罪行。不过，这区别不是很大，不管怎样，这是我当时的想法。

这大厅窗子紧闭，又有这么多人，我感到有点头昏脑涨。我又朝法庭观看，但没有认出任何一张脸。我现在认为，我一开始并未想到，大家蜂拥而至是为了看到我这个人。平时,大家对我并不关注。我得动一下脑筋才明白,我是人群拥挤的原因。我对法警说:"人真多!"他对我回答说,这是因为各报刊登了消息。他把站在陪审员席位下面一张桌子旁边的一伙人指给我看。他对我说:"他们在那儿。"我问:"是谁?"他又说:"是报社的人。"他认识其中一名记者,那记者这时看到了他,就朝我们这边走过来。这个人年纪已老,样子讨人喜欢,面孔有点怪怪的。他跟法警握手时十分热情。我这时发现,大家都在相互见面,互相叫唤并进行谈话,就像在俱乐部里,同一个圈子里的人相遇都感到高兴。我也弄清楚了自己为什么有一种奇特的感觉,即感到自己在此多余,有点像擅自闯入者。然而,那记者面带微笑地对我说话。他对我说,他希望我一切顺利。我对他表示感谢,他又说:"您要知道,我们把您的案件宣传得有点儿过火。夏天是报纸的淡季。只有您的案件和杀父案还值得谈谈。"接着,他指给我看一个矮个子,是在他刚才离开的那伙人中间,活像是肥胖的白鼬,戴着硕大的黑边眼镜。他对我说,那个人是巴黎一家报社的特派记者:"不过他不是为您而来。但由于他负责报道杀父案,报社要他兼管您的案件。"说到这儿,我又差点儿向他表示感谢。但我想到,这样未免滑稽可笑。他亲切地对我摆摆手,就离开了我们。我们又等了几分钟时间。

我的律师来了,他身穿律师的长袍,由许多同事簇拥。他朝记者们走去,跟他们一一握手。他们说说笑笑,显得无拘无束,直到法庭里铃声响起。大家都回到自己的座位。我的律师走到我面前,跟我握了手,叫我回答问题要简短,不要主动发言,其他事情由他来解决。

我听到左边有椅子后移的声音,看到一个身材瘦长的男人,身穿红色长袍,戴着单片眼镜,坐下时把长袍仔细折起。这是检察官。一位执达员宣布开庭。与此同时,两台大电扇发出隆隆的声音。有三个法官,两个穿黑袍,另一个穿红袍,拿着案卷走了进来,他们迅速走向俯瞰大厅的审判台。穿红袍的法官坐在中间的扶手椅上,把他的直筒无边高帽放在面前,用手帕拭了拭他小巧的秃顶,宣布审讯开始。

记者们已手握钢笔。他们都显得无动于衷,表情略带嘲讽。然而,其中一个记者,年纪特别轻,身穿灰色法兰绒服装,系蓝色领带,把笔放在面前,朝我观看。在他略显不匀称的脸上,我只看到两只眼睛十分明亮,他目不转睛地对我仔细观看,却又丝毫没有显出确切的表情。而我则有了一种奇特的感觉,感到我在被自己观看。也许是因为这样,同时也因为我不知道法庭里的规定,我对后来发生的事都弄不大清楚,如陪审员抽签,庭长对律师、检察官和陪审团提问(每次提问,陪审员的脸都同时转向法官),迅速朗读起诉书,我听出其中的地名与人名,然后又对我的律师提问。

但庭长说,他将传讯证人。执达员念了一些人的名字,引起了我的注意。在这刚才还模糊不清的人群中,我看到证人一个个站了起来,然后从边门出去,他们是养老院院长和门房、托马·佩雷兹老头、雷蒙、马松、萨拉马诺和玛丽。玛丽悄悄向我做了个不安的手势。我还在感到奇怪,先前怎么没有看见他们,这时读到最后一个名字,塞莱斯特随之站了起来。在他身边,我认出是那个在饭馆里吃过饭的矮小女子,身穿收腰上装,显得利索而又坚决。她盯着我看。但我没有时间多加考虑,因为庭长已开口说话。他说真正的辩论即将开始,认为无须要求听众保持安静。在他看来,他的责任是公正地引导一个案件的辩论,他想对案件进行客观的研究。陪审团将主持正义,并作出判决,不管怎样,如发生意外事件,他将命人清场。

厅里越来越热,我看到在场的人都在用报纸当扇子扇。用报纸扇风,就持续不断地发出轻微的声响。庭长招了招手,执达员拿来三把用稻草编的扇子,三位法官立刻扇了起来。

对我的审讯随即开始。庭长对我提出问题时心平气和,我甚至觉得有点亲切。他还是要我说出自己的身份,我虽然感到厌烦,但想到这样做其实理所当然,因为如错把一个人当做另一人来审讯,后果就会极其严重。接着,庭长又开始说出我所做之事,每说三句就要问我:"是这样吗?"我每次都回答说:"是的,庭长先生。"这是我律师叫我这样说的。说这事的时间很长,因为庭长说得十分详细。在这段时间里,记者都在记录。我感到最年轻的记者和像机器人那样的小个子女人在看着我。像坐在有轨电车一排座位上那样的陪审员都面向庭长。庭长咳嗽一声,翻阅案卷,扇着扇子朝我观看。

他对我说,他现在要谈几个问题,表面上看跟我的案件无关,但很有可能关系十分密切。我知道他又要谈到我妈妈,同时感到这事使人极为厌烦。他问我为何要把妈妈送进养老院。我回答说,是因为我没有钱请人来照顾她。他问我,这样做我个人是否感到心里难受。我回答说,我妈妈和我,都已不再期望得到对方的照顾,也不期望得到其他任何人的照顾,我们都已习惯我们的新生活。庭长于是说,他并不想强调这个问题,并问检察官是否有别的问题要问我。

检察官的背略微朝着我,说话时没有看着我,他说由于得到庭长的准许,他想知道我当时独自回到泉眼,是否想杀死那个阿拉伯人。我说:"不是。""那么,为什么带着枪,为什么恰恰是回到那个地方?"我说这纯属偶然。检察官用险恶的语气说:"暂时就说这些。"

其后说的话有点模糊不清,至少我是这样看的。经过私下磋商,庭长宣布庭讯结束,证人的证词推迟到下午听取。

我没有时间仔细考虑。我被带走,登上囚车,回到监狱吃饭。没过很长时间,我刚觉得疲倦,就有人来提我;一切都重新开始,我被带到同一个大厅,面前是同样的面孔。只是厅里比上午要热得多,犹如奇迹出现一般,每个陪审员、检察官、我的律师和几个记者也都拿着草扇。年轻的记者和小个子女人仍坐在那里。但他们没扇扇子,仍然默默地看着我。

我擦了擦脸上的汗水,当我听到叫唤养老院院长时,才对这地方和我自己的处境有所意识。有人问他,我妈妈是否常常抱怨我,他说是的,但又说抱怨自己的亲人,是养老院里的老人比较普遍的怪癖。庭长请他明确说出,我妈妈是否曾责备我把她送进养老院,院长又说是的。但这次他没有作任何补充。他对另一个问题回答说,他对我在葬礼那天的平静感到意外。有人问他,他说的平静是指什么。院长于是看了看自己的鞋尖,并说我不想跟我妈妈遗体告别,我一次也没有哭过,葬礼之后我立刻离开,没有在妈妈的坟前默哀。还有一件事使他感到意外:殡仪馆的一个职员告诉他,我不知道我妈妈的年龄。一时间大家都默不作声,庭长问他说的是否是我。院长没有听清问题,就对庭长说:

"这就是法律。"然后,庭长问检察官是否有问题要问证人,检察官大声说:"哦!没有了,这已足够。"他说话声音响亮,朝我这里看的目光又是得意扬扬,我因此在这么多年之后,第一次愚蠢地想要哭泣,因为我感到这些人对我是多么厌恶。

庭长问陪审团和我的律师是否有问题要问,然后听养老院门房的证词。门房跟其他人一样,重复了同样的仪式。他走来时看了看我,然后把眼睛转开。他回答了向他提出的问题。他说我不想跟我妈妈的遗体告别,说我抽了烟,睡了一觉,并喝了牛奶咖啡。这时我感到,整个大厅被什么事情激怒,我第一次觉得自己有罪。庭长请门房把我喝牛奶咖啡和抽烟的事再说一遍。检察官看了看我,眼睛里闪现讽刺的目光。这时,我的律师问门房是否跟我一起抽烟。但检察官站了起来,激烈反对这个问题:"罪犯是多么可恶,这种方法又是多么拙劣,想要给指控的证人抹黑,使证词显得无足轻重,但实际上却依然无可置疑!"尽管如此,庭长还是请门房回答这个问题。老头样子尴尬地说:"我清楚地知道我当时做错了。但我不敢拒绝先生请我抽的烟。"最后,庭长问我有什么补充。我回答说:"没有,只想说证人说得不错。确实,当时是我请他抽烟。"于是,门房看了看我,显得有点惊讶,也有几分感激。他犹疑片刻后说,牛奶咖啡是他请我喝的。对此,我的律师得意地叫了起来,并说陪审员都会作出判断。但检察官的咆哮声却在我们头顶上响起,他说:"不错,陪审员先生们都会作出判断。但他们会得出结论,一个局外人可以请他喝咖啡,但一个儿子理应在他生母的遗体前加以拒绝。"门房回到自己的座位。

轮到托马·佩雷兹作证时,一名执达员一直扶着他走到证人席。佩雷兹说,他只是认识我母亲,他只看到过我一次,是在葬礼那天。法官问他,我在那天做了什么事,他回答说:"你们可以理解,我当时极其难过。因此,我什么也没有看到。我是因为难过才没有看到。因为这对我来说非常难过。我甚至昏了过去。因此,我没能看到这位先生。"检察官问他是否看到我哭过。佩雷兹回答说没有。这次轮到检察官说:"陪审员先生们都会作出判断。"但我的律师感到气愤。他问佩雷兹,其语气在我看来夸张,他问他是否看到我没有哭。佩雷兹说:"没有。"大家都笑了起来。我的律师卷起一只衣袖,用不容置辩的口气说:"这就是这次审讯的形象。全都对,又全都不对!"检察官显得无动于衷,用铅笔戳着他案卷的一个个标题。

休庭五分钟时,我的律师对我说,一切进展顺利,然后听到塞莱斯特为被告辩护。为被告辩护,就是为我辩护。塞莱斯特不时朝我这边观看,把手里的一顶巴拿马草帽转来转去。他身穿崭新的西装,有几个星期天他就是穿着这套西装跟我一起去看赛马的。但我觉得他当时没戴活硬领,因为他只是用一个铜纽扣扣住衬衫的领口。法官问他,我是否是他的顾客,他说:"是的,但也是朋友。"问到他对我的看法,他回答说我是男子汉;问他这是什么意思,他说大家都知道这是什么意思;问他是否发现我孤僻,他只承认我从来不说废话。检察官问他,我是否按时付饭钱。塞莱斯特笑了,并说:"这是我们之间鸡毛蒜皮的小事。"法官还问及他对我犯的罪有何看法。他于是用双手扶着栏杆,可以看出他已胸有成竹。他说:"在我看来,这是一件不幸的事故。不幸的事故,大家都知道这是怎么回事。这会使你防不胜防。不错!在我看来,这是一件不幸的事故。"他想要讲下去,但庭长对他说,他说得很清楚,并向他表示感谢。这时,塞莱斯特待在那里有点发愣。但他表示还有话要说。法官请他讲得简短一些。他又说这是不幸的事故。庭长对他说:"是的,这已经说过。但我们在此是要审理这类不幸的事故。我们向您表示感谢。"塞莱斯特耗尽自己的才智,表现出极大的善意,就朝我转过身来。我觉得他眼睛发亮,嘴唇颤抖。他像是在问我,他还能做些什么。我什么也没说,也没做任何手势,但我生平第一次想要拥吻一个男人。庭长又请他离开证人席。塞莱斯特回到旁听席上坐下。在其后的庭讯时,他都坐在那里,身子稍稍前倾,两个胳膊肘支在膝盖上,手里拿着巴拿马草帽,法庭上说的话他听得一字不漏。玛丽走了进来。她头戴帽子,依然漂亮。但我更喜欢她长发披肩。从我所在的地方,我可以感到她乳房轻盈,看出她那总是微微鼓起的下嘴唇。她似乎十分紧张。法官立刻问她是什么时候认识我的。她说出她在我们公司工作的那个时期。庭长想知道她跟我是什么关系。她说是我的女友。她对另一个问题回答说,她确实将要跟我结婚。检察官正在翻阅案卷,这时突然问她是从什么时候起跟我发生关系的。她说了日期。检察官神情冷漠地指出,就是在我妈妈去世的第二天。然后,他神色略带嘲讽,但又不想过于讽刺这种微妙的处境,就说他十分理解玛丽的顾忌,但是(他的语调随之变得更加严厉),他的职责要求他凌驾于社会习俗之上。他因此请玛丽把我遇到她那天的事做个概述。玛丽不愿意讲,但见检察官非要她讲,就说出我们洗海水浴、看电影以及一起回到我住宅这些事。检察官说,玛丽在预审中提出证词之后,他查看了那天放映的影片。他又要玛丽自己说出那天放的是哪部影片。她吓得几乎失声,说是费尔南代尔的一部影片。她的话刚说完,厅里立刻鸦雀无声。检察官于是站了起来,神情十分严肃,说话的声音使我觉得他真的激动了,他用手指着我慢慢地说:"陪审员先生们,这个人在他母亲去世的第二天去洗海水浴,开始发生不定期的男女关系,并去看喜剧影片取乐。我不需要再对你们多说一句。"他坐了下来,厅里仍然鸦雀无声。但玛丽突然号啕大哭,她说事情不是这样,还有其他情况,是有人强迫她说出跟她的想法截然不同的话,并说她对我非常了解,我没有做过任何坏事。但执达员在庭长的示意下把她带走,庭讯继续进行。

接着是马松作证,他说我为人正直,甚至可以说我是好人,但几乎没人在听。然后,萨拉马诺指出,我以前对他的狗很好,他在回答一个关于我母亲和我的问题时说,我跟妈妈已无话可说,我因此把她送进了养老院,他的话也几乎没人在听。萨拉马诺说:"应该理解,应该理解。"但看来无人理解。他被带走。

接着是雷蒙最后作证。雷蒙稍稍对我做了个手势,并立刻说我是无辜的。但庭长说,请他说出的不是判断,而是事实。他请雷蒙等待提问。法官要他说出他和被害人的关系。雷蒙趁此机会说,被害人恨的是他,因为他打了他姐姐的耳光。但庭长问他,被害人是否有理由恨我。雷蒙说我去海滩纯属偶然。检察官于是问他,成为这悲剧的起因的那封信,怎么会出自我的手笔。雷蒙回答说,这也事出偶然。检察官反驳说,在这件事中,人的良心已因偶然而受到众多伤害。他想要知道,雷蒙打情妇的耳光时我没有出手,是否事出偶然,我到警察分局为他作证,是否事出偶然,我在作证时说的话纯属讨好,是否也事出偶然。最后,检察官问雷蒙有什么生活来源,因雷蒙回答说是"仓库管理员",他就对陪审员说,众所周知,这个证人从事淫媒的行当。我是他的同谋和朋友。这是最为下流无耻的悲剧,因罪犯是道德上的魔鬼而变得更加惨重。雷蒙想要为自己辩护,我的律师也提出抗议,但法官对他们说,必须让检察官把话说完。检察官说:"我要作的补充不多。他是否是您的朋友?"他对雷蒙这样问。雷蒙说:"是的,他是我的朋友。"检察官就对我提出同样的问题,我看了看雷蒙,他没有把目光转开。我回答:"是的。"于是,检察官转向陪审团,并说:"这个人在他母亲去世的第二天,去干了极其放荡无耻的事,因微不足道的原因而杀了人,以便了结一桩伤风败俗的事情。"

说完后他坐了下来。但我的律师已忍无可忍,他举起双臂,袖子因此滑落,露出上了浆的衬衫的褶痕,并大声叫嚷:"他受到控告,究竟是因为埋葬了母亲还是杀了人?"大家都笑了起来。但检察官又站了起来,他披上长袍说,必须像这位可敬的辩护人那样天真,才能感到这两种事情之间有着深刻、动人和本质的联系。他铿锵有力地大声说:"是的,我指控这个人在埋葬母亲时怀有一颗杀人犯的心。"这句话看来对听众影响巨大。我的律师耸了耸肩，擦了擦额头上的汗。但他看来已经动摇，我感到事情的进展对我不利。

庭讯结束。在走出法院登上囚车时，我在一时间闻出夏天傍晚的气息，看出夏天傍晚的色彩。在这滚动的黑暗监狱里，我仿佛在疲倦之中，一一听出我喜欢的城市在我感到心满意足的某一时刻的种种熟悉的声响。报贩在轻松的气氛中的叫卖声，街心花园里最后一批鸟叫声，卖三明治的商人的叫唤声，有轨电车在城市高处的街上转弯时发出的呻吟，夜幕降临港口前天空的嘈杂声，这些声音又为我勾画出我闭着眼睛也能走的路线，这条路线我在入狱前十分熟悉。不错，在这个时刻，我在很久以前曾感到心满意足。当时我要做的事，总是容易惊醒却又无梦的睡眠。然而，情况已经改变，在等待第二天到来时，我回到的是自己的单人牢房。仿佛夏天的空中勾画出熟悉的道路，既可以通向监狱，也可以通向无邪的睡眠。

四

即使坐在被告席上，听到别人谈论自己仍然有趣。在检察官和我的律师进行辩论时，我可以说，他们对我的谈得很多，也许谈得更多的是我而不是我的罪行。另外，他们的辩词是否截然不同？律师举起双臂，承认我有罪,但认为情有可原。检察官伸出双手,揭发罪行,但认为不可原谅。然而,有一件事隐约使我感到局促不安。我虽然心事重重,有时却想要说话,但我的律师却对我说:"您别开口,这样对您的案件更为有利。"从某种程度上说,他们处理这个案件仿佛跟我无关。事情都在我没有参与的情况下进行。他们对我的命运作出决定,却没有征求我的意见。我有时真想打断大家的话,并想说:"那么,到底谁是被告?重要的是被告。我有话要说!"但仔细考虑之后,我又觉得无话可说。另外,我应该承认,你使别人感到的兴趣,不会持续长久。譬如说,检察官的辩词,很快就使我感到厌烦。只有跟主旨无关的只言片语、手势或大段议论,才使我感到惊讶或引起我的兴趣。

如果我理解正确,他的主要想法是,我杀人是有预谋的。他至少试图证明这点。正如他自己所说:"我会对此作出证明,先生们,而且会作出双重的证明。首先是用事实的耀眼光线,然后用这个罪恶的灵魂的心理向我提供的暗淡亮光。"他概述了我妈妈去世后的那些事实。他回顾了我的冷漠,不知道妈妈的年龄,第二天就跟一个女人一起去洗海水浴,去电影院看费尔南代尔的影片,最后跟玛丽一起回家。我当时没有立刻理解他的意思,因为他总是说"他的情妇",而我却认为她是玛丽。然后,他谈到雷蒙的事。我觉得他对事情的看法不够清楚。他说的话倒还符合事实。我伙同雷蒙写信,以便把他的情妇引出来,让一个"道德败坏"的男人去折磨她。我在海滩上挑衅雷蒙的冤家对头。雷蒙受了伤。我要他把手枪给我。我独自回到海滩,以使用手枪。我按计划打死了阿拉伯人。我等待片刻。"为确保事情完成",我又开了四枪,开枪时从容不迫,确信无疑,可说是经过深思熟虑。

"事情就是这样,先生们,"检察官说,"我给你们讲述了事情的来龙去脉,说明此人在对事情了如指掌的情况下如何最终杀人。我强调的是这一点。"他说,"因为这不是一桩普通的杀人案,不是一种轻率的举动,即你们认为情有可原、可以减轻罪行的举动。这个人,先生们,这个人聪明。你们听到了他说的话,对吗?他知道如何回答问题。他知道词语的价值。因此我们不能说,他在行动时并不清楚自己在干什么。"

我听着他说,并听到他认为我聪明。但我不大理解,一个普通人的优点,怎么会成为控告一个罪犯的主要罪状。至少这事使我感到惊讶,我就不再去听检察官说,到后来我听到他说:"这个人是否表示过后悔?从来没有,先生们。在预审过程中,这个人对自己骇人听闻的罪行一次也没有显出沉痛的样子。"这时,他把脸转向我,用手指指着我继续对我大加指责,可我却不大清楚他为什么这样说。也许我不得不承认他说得对。我对自己的行为不是十分后悔。但他的指责如此激烈,却使我感到惊讶。我真想诚恳地乃至友好地对他解释,说我对自己做过的事从未有过真正的后悔。我关心的总是即将发生的事,关心的是今天或明天。但是,他们现在使我处于这种状况,我当然不能用这种口气对别人说话。我无权显出亲热的样子,无权抱有良好的愿望。我因此还想听检察官说话,因为他开始谈论我的灵魂。

他说他曾对我的灵魂发生兴趣,但他对陪审员先生们说,他在其中一无所获。他说我实际上没有灵魂,没有任何人性,也没有众人保存在心中的任何道德准则。他又说:"也许我们不能因此而责备他。他不能得到的东西,我们就不能责怪他没有这种东西。但现在是在法庭上,宽容的消极作用应该化为正义的作用,这更难做到,却更为高尚。尤其是现在看到,此人心中空无一物,会变成社会堕落的深渊。"于是,他谈起我对妈妈的态度。他把在辩论时说的话又说了一遍。但他谈这件事的时间要比谈我罪行的时间长得多,而且极其冗长,结果我感到的只有那天上午的炎热。直到检察官停顿片刻,然后,他又以十分低沉而又深信不疑的声音接着说:"就在这法庭上,先生们,明天将要审判最为伤天害理的罪行:杀父案。"据他说,这种残杀简直无法想象。他敢说人类的正义会对此严惩不贷。

但他不怕说出,这个罪行使他感到的厌恶,跟他对我冷漠的厌恶几乎不相上下。在他看来,在精神上杀死生母的人,跟亲手杀死生父的人一样,也应被排除在人类社会之外。不管怎样,前者在为后者的行为作好准备,在某种程度上预告后者的行为,并使其合法化。他提高嗓门继续说:"我确信,先生们,如果我要说,坐在这被告席上的人,也犯有本庭明天将要审判的杀人罪,你们决不会认为我的想法过于大胆。他理应受到相应的惩罚。"至此,检察官擦了擦脸上发亮的汗水。他最后说,他的职责是痛苦的,但他会坚决去完成。他说,我不承认社会最基本的准则,因此已跟社会毫不相干,并说我不知道人心的基本反应,就不可能去相信人心。他说:"我请求你们砍下此人的脑袋,并请你们要心情轻松。因为我虽说在漫长的职业生涯中曾请求对一些罪犯处以死刑,但从未像今天这样感到这艰巨的职责得到补偿和阐明,因为我意识到这是不可抗拒的神的旨意,也因为我对这张人脸感到厌恶,我在这张脸上看到的只有残酷无情。"

检察官坐下后,厅里沉默良久。我因炎热和惊讶而晕头转向。庭长咳嗽几声,用十分低沉的声音问我是否有补充。我站了起来,想要说话,就随口说出我当时并不想打死那个阿拉伯人。庭长回答说,这是一种确认,并说他仍然没弄清我的辩护方法,因此在听取我律师的意见之前，希望我能确切地说出我行为的动机。我说话很快，有点语无伦次，也意识到自己滑稽可笑，我说当时是因为太阳的缘故。大厅里响起了笑声。我的律师耸了耸肩，法官立刻让他发言。但他说时间已晚，他发言需要几个小时，要求推迟到下午再讲。法庭同意了他的要求。

下午，巨大的电扇仍在搅动着厅里浓重的空气，陪审员们都朝同一个方向扇着五彩缤纷的小扇子。我觉得我的律师的辩护词会没完没了地说下去。但在有一个时候，我在听他说，因为他当时说："我确实杀了人。"然后，他用这种语气说下去，每当谈到我时都说"我"。我感到十分惊讶。我向一个法警俯下身子，问他这是什么原因。他叫我别说话，并在片刻后补充说："所有的律师都这样说。"我认为，这又是在把我排除在案件之外，把我完全消除，并在某种程度上对我取而代之。但我现在觉得，我当时已离这个法庭十分遥远。另外，我觉得我的律师滑稽可笑。他很快就为挑衅进行辩护，然后也谈起我的灵魂。但我觉得他的才能比检察官逊色得多。他说："我也对这个人的灵魂感兴趣，但跟检察院的这位杰出代表相反，我对此有所发现，并且可以说，我看到这灵魂犹如一本翻开的书。"他从中看到，我为人正直，有固定的工作，工作任劳任怨，对雇用我的公司忠心耿耿，受到众人的喜爱，并同情别人的痛苦。在他看来,我是个孝子,在能力许可时一直赡养自己的母亲。最后,我希望老母能过上舒适的生活才把她送进养老院,而我的条件则无法使她过上这种生活。他又说:"我感到惊讶的是,先生们,有人竟对这家养老院议论纷纷。因为如果必须证明这种机构实用和重要,就得要说是国家在对其津贴。"只是他没有谈到葬礼的事,我感到这是他辩护词的不足之处。由于所有这些长句、所有这些白天以及谈论我灵魂的这些漫长的小时,我觉得一切都变得如同无色的水,我在这水中感到晕眩。

最后,我现在只记得,在我的律师继续发言时,一个卖冰的小贩吹响的喇叭声,从街上传来并穿过一个个大厅和一个个法庭,一直传到了我的耳边。我的脑中显现过去生活的种种回忆,那种生活已不再属于我,但我曾在其中得到我最最微不足道和最最难以忘却的快乐:夏天的气味,我喜爱的街区,傍晚的某种天空,玛丽的笑声和连衣裙。我在这地方所做的毫无用处的事,全都涌上我的喉咙,我着急的只有一件事,那就是让他们把事情结束,让我能回到牢房去睡觉。我几乎没有听到我的律师在最后大声说,陪审员们决不会让一个因一时糊涂而失足的诚实劳动者去送命,并要求对我的罪行减刑,因为我将会悔恨终身,我无疑已受到极大的惩罚。这时休庭,我的律师坐了下来,显得筋疲力尽。但他的同事都过来跟他握手。我听到他们说："妙极了,亲爱的。"其中一人甚至要我作证,并对我说:"怎么样?"我表示同意,但我的恭维是虚与委蛇,因为我实在太累了。

这时,外面天色渐暗,已不是十分炎热。我听到街上的某些嘈杂声,得知已是温馨的傍晚。我们都在这里等待。我们一起等待的事,只跟我一人有关。我又环顾大厅。一切都跟第一天一模一样。我跟穿灰色上衣的记者和像机器人那样的女子目光相遇。这使我想起,在审讯过程中,我一直没有朝玛丽观看。我并未把她忘记,但我要做的事实在太多。我看到她坐在塞莱斯特和雷蒙之间。她悄悄对我做了个手势,意思是说"总算结束",我看到她的脸上有点不安,却在微笑。但我感到自己的心已关闭,因此连对她的微笑也无法回答。

法官们又回来了。庭长迅速向陪审员们念了一系列问题。我听到"犯有杀人罪"……"预谋杀人"……"可减轻罪行的情节"。陪审员都走出大厅,我被带到我曾经等待过的小房间里。我的律师来看我:他说话滔滔不绝,说时比以前更有信心、更加亲切。他认为事情会进展顺利,我坐几年牢或服几年苦役就会出来。我问他,如果判决对我不利,是否有可能撤销原判。他对我说不可能。他的策略是不提出结论,以免使陪审团反感。他对我解释说,像这种案件,不能徒劳无益地不服判决而提出上诉。我觉得这是显而易见的事,也就听从了他的意见。如果冷静思考,这也是理所当然的事。不然的话,会浪费过多纸张。我的律师对我说:"不管怎样,还可以上诉。但我确信结果会对您有利。"

我们等待良久,我觉得等了将近三刻钟。过了这段时间,铃声响起。我的律师在离开我时说:"庭长即将宣读答辩。在宣读判决时才让您进去。"一扇扇门发出吱嘎的声音。一些人在楼梯上跑上跑下,我听不出他们是在附近还是在远处。然后,我听到一个沉闷的声音在厅里宣读。铃声再次响起,房间的门随之打开,厅里的沉默朝我袭来,是沉默,还有我产生的奇异感觉,因为我看到年轻的记者把目光从我身上移开。我没有朝玛丽那边观看。我没有时间去看,因为庭长用奇特的方式对我说,我将在广场上被斩首示众,是以法国人民的名义。我这时才感到,我看出所有人脸上流露出来的是什么感情。我现在觉得这是尊重。法警对我和颜悦色。律师用手握住我的手腕。我这时一无所思。但庭长问我是否有补充。我考虑了一下说:"没有。"于是,我就被带走。

五

我第三次拒绝接见指导神甫。我对他无话可说,我不想说话,我很快就会见到他。我此刻感兴趣的是逃脱这断头台,是想知道这不可避免的事是否能绝处逢生。他们给我换了牢房。在这间牢房,我躺下后能看到天空,并且只能看到天空。我每天的时间都用来观看天空这张脸,看着它的脸色从白昼转为黑夜。我躺着,把双手枕在脑袋下面等待。我不知有多少次想过,死刑犯中是否有人逃脱过这无情的断头台,冲破警察的警戒线,在处决前逃之夭夭。我于是责备自己未曾对描写处决的故事予以足够的注意。我们总是应该关心这些问题。我们决不会知道将来会发生什么事情。像大家一样,我曾在报上看到过一些报道。但肯定会有一些专著,而我却一直没有兴趣去阅读。在这些专著里,我也许会看到越狱的故事。我就会知道,至少有那么一次,命运之轮停了下来,而有了这种无法阻止的预谋,偶然和运气改变了某件事,但仅仅只有一次。只有一次!从某种意义上说,我觉得这对我已经足够。剩下的事我的心会去处理。各家报纸经常谈论对社会欠的债。根据它们的说法,这债必须偿还。但这只能使人浮想联翩。重要的是越狱的可能,是跳出无情的惯例,是能使希望成真的狂奔。当然啰,希望也是在狂奔中被子弹击倒在街角。但经过仔细思考,我绝不会有这种好事,所有的条件都不允许我这样,我又得回到这断头台上。

我虽说心怀善意,却无法接受这傲慢的事实。因为,证明这事实的判决和这判决在宣读后被坚定不移地执行,这两者之间极不相称,显得滑稽可笑。这判决如在二十点而不是在十七点宣读,很可能会大相径庭,这判决由一些更换衬衣的男人作出,而且相信法国(或德国、或中国)人民这样并不确切的概念,我觉得正因为如此,这样的决定就显得很不严肃。然而,我不得不承认,这决定从作出之时起,其影响就变得确定无疑,如同我身体靠着的这堵墙壁。

我在这些时候想起,我妈妈常对我讲的关于我父亲的一件事。我没有见过父亲。我对这个人的确切了解,也许只有妈妈对我讲的这件事:他去看处决一个杀人犯。他想到去看杀人,就感到不舒服。但他还是去了,回来时,他在上午连连呕吐。于是,我对父亲有点厌恶。现在我懂了,他这样理所当然。我以前怎么会没有看出,什么事也没有比执行死刑更为重要,我怎么会没有看出,这是唯一真正会使男人感兴趣的事情!如果我有朝一日能走出这监狱,每次执行死刑我都会去看。我现在觉得,我当时错了,不该想到这种可能性。因为我想到自己将在有一天清晨获得自由，站在一排警察的警戒线后面，可以说是站在另一边，想到自己作为旁观者来看热闹，并会在其后呕吐，我想到这些，一阵恶毒的愉悦不禁涌上心头。但这样想并不理智。我不该放任自流，去作这些假设，因为在片刻之后，我感到如同寒风刺骨，赶紧在被窝里缩成一团。我牙齿格格作响，无法克制自己。

当然啰，人不可能永远理智。譬如说，我有几次在制定法律草案。我对刑罚制度进行改革。我发现，主要的问题是要给被判刑的犯人一个机会。一千个人中有一次机会，也足以把许多事情安排妥当。因此，我觉得可以找到一种化合物，服用后可杀死受刑者（我想到的是受刑者），而且是十拿九稳。要让他知道，这是先决条件。因为我经过仔细考虑，并心平气和地对事情进行研究，看出断头台的缺点是没有给犯人任何机会，一点机会也不给。总之，一旦决定，受刑者必死无疑。这如同归档的案件，决定的组合，谈妥的协议，无法进行更改。如果机器意外失灵，那就重新再来。因此，烦恼的问题，是死刑犯希望机器运转正常。我说的是不完善的方面。从某种意义上看确实如此。但从另一种意义上看，我不能不承认，良好的组织的全部秘密就在这里。总之，死刑犯不得不在精神上予以合作。他希望一切运转正常。

我也不得不看到,在此之前,我对这些问题的想法并不正确。我在很长一段时间里认为——我也不知道是什么原因——上断头台得要从台阶走到台上。我觉得这是因为一七八九年大革命,我的意思是说,是因为别人教我或让我认识到对这些问题应有的看法。但有一天早晨,我想起刊登在报上的一张照片,展现的是一次引起轰动的处决。实际上,断头机就放在地上,极其简单。它比我想象的要窄小得多。非常奇怪,我到现在才想起这事。我感到惊讶的是,照片上的断头机看上去像精密仪器,做工精细,闪闪发光。我对自己不了解的东西,总会有夸张的想法。相反我应该看出,一切都十分简单:这机器跟朝它走过去的死刑犯处于同一水平面上。他走到它跟前,如同走到另一个人面前。这也是令人烦恼的事。登上断头台像是升天,人会这样想象。但这机器摧毁一切:人被杀死,并不引人注目,但有点可耻,却又准确无误。

还有两件事我也一直在思考:黎明和我的上诉。但我听从理智,设法不再去想这些事。我躺了下来,仰望天空,竭力对天空感兴趣。它变成绿色,是在黄昏时分。我再作努力,以改变我的思路。我听着自己心脏的跳动声。我无法想象,这声音在如此长的时间里一直伴随着我,竟会在有一天停止。我从未有过真正的想象力。但我试图想象出这心跳声不再在我头脑中继续响起的那个时刻。但想不出来。黎明或我的上诉仍在脑中。我最终在想,最合乎情理的办法是不要强制自己。

他们是在黎明时分来的,这我知道。因此,我每天夜里都在等待黎明的到来。我一直不喜欢遇到猝不及防的事。如果我有事情发生,我更希望自己有所准备。因此,我最终只在白天睡一会儿,而在夜里,我始终耐心等候着窗玻璃上的天空开始发亮。最难熬的是天快亮的时候,我知道他们通常是在这时动手①。午夜过后,我一直在等待和窥探。我的耳朵从未听到过这么多的噪音和这么细微的声响。另外,我可以说,我在这段时期里算是走运,因为我从未听到过脚步声。妈妈以前常说,人要倒霉也不会事事倒霉。我在监狱里同意这种看法,是因为这时天空变得绚丽多彩,新的一天又来到我的牢房。因为我可能会听到脚步声,我的心脏就会分崩离析。即使最轻微的走动声也会使我冲到门口,即使我把耳朵贴在木门上,发狂地等待着,直至听到自己的呼吸声,我害怕听到这呼吸变得粗声粗气,活像狗在嘶哑地喘气,但我的心脏毕竟没有分崩离析,我又可以多活二十四个小时。

---

① 在法国,可在嫌疑犯家里对其逮捕的法定时间为早晨六点,这也是警方突然提审犯人的时间。

我整天在考虑我的上诉。我觉得自己已从这种想法中获益匪浅。我想象能用这想法得到什么结果,并从思考中获得巨大收获。我总是作出最坏的设想:我的上诉被驳回。"那么,我就得死。"显然比别人死得更早。但大家都知道,这样活着并不值得。其实,我并非不知道,三十岁死还是七十岁死,是无关紧要的事,因为不管你几岁死,其他男男女女照样活着,几千年都是如此。总之,没什么比这事更加清楚。反正死的人都是我,不管是现在死还是二十年之后才死。此时此刻,我在思考时有点难受,是在想到未来二十年的生活时,我感到心里产生一种可怕的跳跃。但我只好压制这种跳跃,并想象我一旦活到二十年后会有什么想法。死了之后,怎么死和什么时候死就无关紧要,这是明摆着的。因此(难就难在要看到这"因此"二字所表示的理性思考的全部含义),我的上诉如被驳回,我就应该接受。

这时,只是在这时,我才可以说有了权利,并允许自己去作第二种假设:我获得缓刑。令人烦恼的是,我必须稍稍克制血脉和肉体使两眼狂喜的剧烈冲动。我必须设法克制这种呼喊,并使其变得理智。我作出这一假设时,甚至必须表现得合情合理,使我在第一种假设中更有可能逆来顺受。我做到这点之后,就获得一小时的平静。这点还是值得重视。

正是在这样的时刻,我再次拒绝接见指导神甫。我躺在那里,从金黄的天色看出夏日的黄昏将临。我刚放弃上诉,可以感到血液在我身上流动正常。我不需要见指导神甫。很长一段时间以来,我第一次想到玛丽。她已有好几天没有给我写信。那天晚上,我进行思索,并在心里想,她当死刑犯的情妇,也许已感到厌倦。我也想到她可能病了或死了。这十分正常。既然除了两人现已分开的肉体有关系之外,我们俩没有其他任何关系,也没有其他任何事会使我们相互思念,我怎么会知道她的情况呢?另外,从这时起,对玛丽的回忆会使我感到无关紧要。她死了,就不再使我感兴趣。我觉得这很正常,就像我清楚地知道,我死后,别人就会把我忘记。他们本来跟我就没有关系。我甚至不能说,这样想令人难受。

正在这时,指导神甫进来。我看到他时,身体微微颤抖。他发现了这点,叫我不必害怕。我对他说,他通常是在另一时间来的。他对我回答说,这是十分友好的拜访,跟我上诉毫无关系,他对此也一无所知。他在我的小床上坐下,请我坐在他的旁边。我谢绝了。我觉得他样子还是十分和善。

他坐了一会儿,手放在膝盖上,低头看着自己的双手。他的手细长而又结实,使我联想到两只灵巧的动物。他慢慢地用两只手相互搓了搓。然后,就这样待着,头仍然低着,而且待了很长时间,使我一时间感到已把他忘却。

但他突然抬起头来,正面看了看我,并说:"您为什么每次都拒绝见我?"我回答说我不信天主。他想知道我是否对此确信无疑,我说我对此无需考虑:我觉得这个问题并不重要。他于是身体后仰,背靠墙壁,两手平放在大腿上。他几乎不像是在对我说话,他指出,人有时以为自己确信无疑,实际上却并非如此。我没有吭声。他看了看我,然后问我:"您对此有何想法?"我回答说有这个可能。不管怎样,我也许不能肯定自己真正感兴趣的是什么事,但我完全能肯定自己不感兴趣的是什么事。他对我说的事,我恰恰不感兴趣。

他把目光移开,仍保持这种姿势,他问我,我这样说是否因为过于绝望。我对他解释说,我并不绝望。我只是害怕,这是理所当然的事。他指出:"天主会给予您帮助。我见到过跟您情况相同的人,他们都回到了天主身边。"我承认这是他们的权利。这也证明他们有时间这样做。至于我,我不要别人帮助,而要我对不感兴趣的事感兴趣,我缺少的正是时间。

这时,他两手做出生气的手势,但他挺直身子,理好长袍上的皱褶。他理完后,称我为"我的朋友":他对我这样称呼,并非是因为我是死刑犯;在他看来,我们都被判了死刑。但我打断了他的话,并说这不是一回事,而且这无论如何也不能看成一种安慰。他表示同意:"当然如此。但您今天不死,以后也会死的。到那时会遇到同样的问题。您将会如何对待这可怕的考验?"我回答说,我会像现在这样来对待这种考验。

他听到这话就站了起来,两眼对我直视。这种把戏我了如指掌。我常常用这种办法跟埃玛纽埃尔或塞莱斯特戏耍,一般来说,是他们把目光移开。指导神甫也对这种手法十分精通,我立刻明白他的意图:他的目光并未抖动。他对我说话时声音也没有颤抖:"您难道不抱任何希望?您活着时,难道要抱有您灵魂和肉体会全都死亡的想法?"我回答说:"是的。"

于是,他低下脑袋,重新坐下。他对我说,他怜悯我。他认为,一个男人无法忍受这种生活。而我只是感到,他开始使我感到厌烦。我也转过身去,走到天窗下面。我把肩膀靠在墙上。我不大跟得上他的思路,但听到他又开始对我提问。他说话的声音不安而又急促。我知道他感到激动,我听他说时就更加注意。

他对我说,他确信我的上诉会得到同意,但我身负罪孽的沉重压力,必须将其摆脱。据他说,人类的正义微不足道,天主的正义至关重要。我指出,是前者判处了我的死刑。他对我回答说,这并未因此而洗刷我的罪孽。我对他说,我不知道什么是罪孽。别人只告诉我,说我是罪犯。我有罪,我要付出代价,别人不能再对我有其他任何要求。这时,他又站了起来,我心里在想,这牢房如此狭小,他是否想活动一下,因为他别无选择:要么坐下,要么站起。

我眼睛盯着地上看。他朝我走了一步就停下,仿佛不敢再往前走。他望着天窗上铁条之间的天空。他对我说:"您错了,我的孩子,我们可以对您有更多的要求。我们也许会对您提出这种要求。"——"那么是什么要求?"——"我们会要求您去看。"——"看什么?"

神甫环顾周围,他回答时,我突然发现他的声音已显得十分厌倦:"这些石块都流出汗水般的痛苦,这我知道。我每次看到它们,都会感到焦虑不安。但我在内心深处知道,你们中最为不幸的那些人,都看到这些阴暗的石块里显现出一张神的脸。我们要求您看的,就是这张脸。"

我有点生气。我说我看着这些墙壁已有好几个月了。我对它们,要比对这世上任何人或任何事物更为了解。也许在很久以前,我曾想在上面看到一张脸。但这张脸有着阳光的色彩和欲火:那是玛丽的脸。我白费力气,未能看到。现在完了。不管怎样,我没有看到有任何东西从这流汗般的石块里显现出来。

指导神甫略显伤心地看了看我。我现在整个身子都靠在墙上,阳光照在我的前额上。他说了些话,我没有听到,他十分迅速地问我是否允许他拥吻我,我回答说:"不行。"他转过身去,朝墙壁走去,慢慢地把手放在墙上,并低声说:"您难道是这样喜爱这人世间的?"我没有回答。

他背对着我站立良久。他待在这里使我感到压抑和恼火。我想要请他离开,让我独自待着,但他朝我转过身来,像爆发那样突然大声地说:"不,我无法相信您的话。我可以肯定,您曾希望过另一种生活。"我对他回答说当然如此,但这希望并不比希望发财、希望游得更快或希望嘴长得好看更加重要。这些希望都属于同一类型。但他打断了我的话,并想知道,我如何想象这另一种生活。于是,我对他叫了起来:"是一种我能回忆起现在这种生活的生活。"我立刻又对他说,我已感到厌烦。他还想跟我谈天主,但我走到他跟前,想最后一次跟他解释,说我剩下的时间已不多。我不想用天主来浪费这时间。他想要改变话题,问我为什么称他为"先生",而不是称他为"我的父亲"。这下我可恼火了,我就对他回答说,他不是我的父亲:他跟其他人一样。

他把手放在我肩上说:"不对,我的孩子。我是您的父亲。但您不可能知道这点,因为您有一颗迷失的心。我要为您祈祷。"

这时,我不知是为了什么,我觉得自己身上有什么东西爆裂。我放开嗓子拼命叫喊,我对他进行辱骂,我叫他不要祈祷。我抓住他长袍的领子。我把埋藏在内心深处的话都对他倾诉出来,说时蹦蹦跳跳,时而快乐时而气愤。他不是显出确信无疑的样子吗?但是,他的任何确信都抵不上女人的一根头发。他甚至不能肯定自己活着,因为他活着如同死人一般。我仿佛两手空空,但我对自己确信,对万物确信,比他更加确信,我确信自己的生和即将来临的死。是的,我只有这种确信。但至少我抓住了这个真理,如同这真理把我抓住那样。我以前有理,现在还有理,我一贯有理。我曾以这种方式生活,我也能以另一种方式生活。我做了这事,没做那事。我没做某一件事,却做了另一件事。然后呢?仿佛我在这段时间里一直在等待着我将会被证明无罪的时刻和黎明的到来。什么都不重要,我清楚地知道是什么原因。他也知道是什么原因。在我所度过的这荒诞的一生中,有一种模糊不清的活力,越过那些尚未来到的年月,从我遥远的未来朝我这里升起,这活力经过之处,把别人在我生活中那些跟未来的年月同样不真实的年月里向我作出的种种建议都变得一模一样。他人之死,一位母亲的爱,跟我有什么关系?既然我只会有一种命运,既然成千上万的幸运儿像他一样自称是我的兄弟,那么,他们的上帝,他们选择的生活和命运,跟我又有什么关系?他理解吗?他难道理解？大家都是幸运儿。世上只有幸运儿。其他人也是这样，有朝一日会被判处死刑。他也是，他会被判处死刑。如果他被指控杀人，只因在母亲葬礼上没有哭泣而被处决，这又有什么关系？萨拉马诺的狗跟他妻子一样重要。机器人般的矮小女人，跟马松所娶的巴黎女人或者跟想要嫁给我的玛丽一样有罪。雷蒙跟比他更好的塞莱斯特一样也是我的朋友，这又有什么关系？玛丽今天给另一个默尔索送去香吻，这又有什么关系？他这个被判死刑的人难道理解，是从我遥远的未来……我大声说出所有这些话，感到喘不过气来。但在这时，有人已把指导神甫从我手里夺走，并且看守们对我进行威胁。但神甫让他们冷静下来，并默默地对我注视片刻。他眼睛里全是泪水。他转身就走了。

他走了之后，我安静下来。我疲惫不堪，扑倒在床上。我觉得我当时睡着了，因为我醒来时星光满面。乡村的噪音一直传到我的耳边。夜晚的气味、泥土的清香和盐的咸味使我鬓角清凉。这沉睡的夏夜美妙的平静，如潮水般涌入我的心中。这时，黑夜将尽，汽笛鸣响。这声音预告，有些人将前往另一世界，即我现在已感到无关紧要的世界。很长时间以来，我第一次想到妈妈。我觉得现在终于理解，她为何要在晚年找个"未婚夫"，为何她要玩"重新开始"的游戏。在那边，在那边也是如此，在这生命渐渐消失的养老院周围，傍晚如同忧伤的休憩。跟死亡近在咫尺时,妈妈想必在那里感到解脱,准备把生活从头到尾再过一遍。任何人,任何人都无权为她哭泣。我也是这样,我也感到自己准备把生活从头到尾再过一遍。仿佛这勃然大怒消除了我的痛苦和希望,面对这布满预兆和星星的夜空,我首次向这温柔而又冷漠的世界敞开心扉。我体会到这世界跟我如此相像,又是如此亲如手足,因此感到自己过去幸福,现在仍然幸福。为使一切都显得完美,为使我不再感到如此孤独,我只能希望被处决那天观者如潮,并对我发出憎恨的喊叫。

加缪生平与创作年表

1913 年 11 月 7 日,阿尔贝·加缪（Albert Camus）生于阿尔及利亚东部沿海城市蒙多维（Mondovi）（现名德雷昂 Dréan）。祖先是阿尔及利亚首批法国移民。父亲吕西安·加缪（Lucien Camus）在"宪兵帽"（Chapeau du gendarme）酒庄管理酒窖。母亲原籍西班牙,在非洲做女佣。阿尔贝是他们的次子。

1914 年 阿尔贝的父亲应征入伍,在马恩河战役（bataille de la Marne）中受重伤,10 月 17 日死于圣布里厄（Saint-Brieuc）军医院。

家里迁居阿尔及尔的贝尔库尔（Belcourt）街区。阿尔贝由不识字的母亲和外婆扶养。

1923—1924 年 加缪在市镇小学五年级学习。他的老师路易·日尔曼（Louis Germain）发现这孩子有才能,就说服他家里让他申请奖学金继续学业。加缪于 1924 年考取阿尔及尔的比若中学（lycée

Bugeaud)。后来,他在获得诺贝尔文学奖时把他的《瑞典演说》(*Discours de Suède*)题献给他的这位小学老师。

1930 年 加缪在中学哲学班学习。首次患肺结核,使他突然感到对人的不公正,认为死亡是世上最大的丑闻。

1931 年 因患病留级。

1932 年 他的随笔首次在《南方》(*Sud*)杂志上发表。

6 月,通过中学毕业会考。

10 月,进入文科预科一年级。

1933 年 进入阿尔及尔大学学习,攻读哲学和古典文学。

参加反法西斯运动"阿姆斯特丹 - 普列耶尔"(Amsterdam-Pleyel)。

1934 年 6 月,与西蒙娜·伊埃(Simone Hié)结婚。

1935 年 开始撰写散文集《反与正》(*L'envers et l'endroit*)。一面学习一面工作。

法国左翼力量成立人民阵线。加缪于秋天加入法国共产党阿尔及尔支部。

1936 年 获高级哲学研究证书。

积极参加戏剧活动,创建劳工剧团(Théâtre du Travail),1937 年改名为队友剧团(Théâtre de l'Équipe)。后作为演员跟随阿尔及尔电台剧团到全国各地巡演。

1937 年　创办一文化宫。

发表《反与正》,当时只印了350册。收有五篇散文:《讽刺》(L'Ironie)、《既对又不对》(Entre oui et non)、《灵魂之死》(La mort dans l'âme)、《生之爱》(Amour de vivre)和《反与正》。作品展现他童年时代的生活和生活环境。他在该书序言中说:"我被置于贫困和太阳之间。贫困并未使我不相信,在太阳下和历史中一切都好;太阳使我知道,历史不是一切。改变生活,不错,但不是改变我将其看作神圣的世界。"

撰写第一部小说《幸福之死》(La mort heureuse)。

11月,因对共产党在阿尔及利亚的政策有不同看法,被开除出党。

1938 年　任人民阵线机关报《阿尔及利亚共和报》(Alger-Républicain)记者,到阿尔及利亚北部山区卡比利进行调查。当地的美丽风光和少数民族的贫困生活,使他的思想得到了升华:"对我来说,贫困从来不是一种不幸;光明在那里散播着瑰宝。连我的反叛也被照耀得光辉灿烂。我想我可以理直气壮地指出,这反叛几乎始终是为了大家而进行的,是为了使大家的生活能够升向光明。"(《反与正》)

开始撰写剧本《卡利古拉》(Caligula)。

1939 年 《阿尔及利亚共和报》改名为《共和晚报》,加缪任主编。

5月23日,《婚礼集》(Noces)出版。收有四篇散文:《提帕萨的婚礼》(Noces à Tipasa)、《杰米拉之风》(Le Vent à Djémila)、《阿尔及尔之夏》(L'Été à Alger)和《沙漠》(Le Désert)。作品是对命运、幸福、死亡、美以及人与自然的和谐的思考,最后归结为一个主要问题:"如何使爱情和反抗协调?"初版225册,后又多次在阿尔及尔以及在巴黎由伽利玛出版社重印。纪德等作家认为其作品写得十分出色。

9月3日,法国对德宣战。加缪因"健康原因",无法应征入伍。

1940 年 1月,《共和晚报》被查封。

3月,来到巴黎,任《巴黎晚报》(Paris-Soir)编辑部秘书。

因妻子西蒙娜·伊埃吸毒成瘾而与其离婚。后与弗朗西娜·福尔(Francine Faure)结婚。

1941 年 2月21日,《局外人》(L'Étranger)、《西西弗神话》(Le Mythe de Sisyphe)和《卡利古拉》完稿。

回到阿尔及利亚,移居奥兰(Oran)。

开始撰写《鼠疫》(*La Peste*)。

1942 年 6 月 15 日,《局外人》出版。

10 月 16 日,《西西弗的神话》出版。这部哲学随笔分三个部分:"荒诞的推理"(Un raisonnement absurde)、"荒诞的人"(L'honne absurde)和"荒诞的创作"(La creation absurde),从荒诞感的产生和荒诞概念的界定出发,论述对荒诞采取的态度,以及文学创作和荒诞的关系。原收入对捷克犹太作家卡夫卡的研究,因未能通过德国占领者的审查被迫删除,用对陀思妥耶夫斯基的研究取而代之,对卡夫卡的研究后于 1943 年单独发表在未占领区的一本杂志上。

1943 年 任《战斗报》记者。

任伽利玛出版社来稿审读员。

1944 年 5 月,《卡利古拉》出版。

6 月,《误会》(*Le Malentendu*)首演。

结识让-保罗·萨特和西蒙娜·德·波伏瓦,并成为亲密朋友。

1945 年 结识钱拉·菲力普(Gérard Philipe)。

《卡利古拉》首演,钱拉·菲力普出任剧中主角。这部四幕剧叙述古罗马皇帝卡利古拉在妹妹和情人德鲁西娅(Drusilla)死后,发现人类状况荒诞,就决定为所欲为,改变人间和神界的秩序,否定善与恶,最终成为暴君和刽子手。加缪说"这是一出智慧的悲剧"。

1946 年 在《战斗报》上发表系列文章,题为《不是受害者,也不是刽子手》(*Ni victimes ni bourreaux*)。《鼠疫》中塔鲁忏悔的许多题材取自这些文章。

1947 年 6 月 10 日,小说《鼠疫》出版,立即受到读者热烈欢迎,并获批评家奖。

离开《战斗报》。

1948 年 10 月 27 日,跟让-路易·巴罗(Jean-Louis Barrault)合写的剧本《戒严》(*L'État de siège*)首演。作品叙述鼠疫降临西班牙加的斯市(Cadix)的情景。演出惨遭失败。

1949 年 12 月 15 日,《正义者》(*Les Justes*)首演。作品叙述 1905 年俄国恐怖主义者想炸死大公谢尔日(Serge),开始时因马车里坐着大公的侄子这两个孩子而不忍下手,于是提出了问题:"能否为'正义事业'杀死孩子?"观众对该剧毁誉参半,加缪在给朋友的信中则说:赞成和反对的"双方不分胜负"。

1950 年 发表《现时一集》(*Actuelles I*),主要收有 1944—1948 年的专栏文章,大部分发表在《战斗报》上。

1951 年 10 月,论著《反抗者》(*L'Homme révolté*)出版。

分五个部分:"反抗者"(L'homme révolté)、"形而上学的反抗"(La révolte métaphysique)、"历史上的反抗"(La révolte historique)、"反抗和艺术"(Révolte et art)和"南方的思想"(La pensée de midi)。这部著作因评论洛特雷亚蒙(Lautréamont)和兰波(Rimbaud)而受到布勒东(Breton)等超现实主义者的猛烈抨击,并在《现代》杂志上发表文章批评加缪的观点,加缪因此发表公开信回答该杂志社社长萨特,引起两人激烈论战。

1952 年 去阿尔及利亚旅行。

跟萨特论战并与其决裂。

1953 年 发表《现时二集》(*Actuelles II*),收有 1948—1953 年的专栏文章,分三大部分:"正义和憎恨"(*Justice et haine*)、"关于反抗的书信"(*Lettres sur la révolte*)和"创造和自由"(*Création et liberté*)。

1954 年 发表《夏日集》(*L'Été*),收有八篇随笔:"弥诺陶洛斯或奥兰的休息"(*Le Minotaure ou La Halte d'Oran*)、"扁桃树"(*Amandiers*)、"普罗米修斯在地狱"(*Prométhée aux enfers*)、"无过去城市简明指南"(*Petit Guide pour des villes sans passé*)、"海伦的流放"(*L'Exil d'Hélène*)、"谜"(*L'Énigme*)、"回到提帕萨"(*Retour à Tipasa*)和"最近的海"(*La Mer au plus près*)。

1955年 把意大利作家布扎蒂(Dino Buzzati)的剧作《临床病例》(*Un caso clinico*)译成法语,名为《有趣的病例》(*Un cas intéressant*)。

在《快报周刊》(*L'Express*)上发表关于阿尔及利亚问题的文章。

去希腊旅行。

1956年 去阿尔及利亚旅行。

《堕落》(*La Chute*)出版。这部作品既不像小说,也不像剧作,是律师让-巴蒂斯特·克拉芒斯(Jean-Baptiste Clamence)在阿姆斯特丹一个酒吧里作的长达170页的独白。

导演据美国作家威廉·福克纳(William Faulkner)的小说《修女安魂曲》(*Requiem pour une nonne*)改编的剧作。

1957年 短篇小说集《流放和王国》(*L'Exil et le Royaume*)出版。收有六篇短篇小说:《不忠的女人》(*La Femme adultère*)、《反叛者》(*Le Renégat*)、《无声的愤怒》(*Les Muets*)、《东道主》(*L'Hôte*)、《约拿斯》(*Jonas*)和《长出的巨石》(*La Pierre qui pousse*),据作者说,题材均为流放。

《对死刑的思考》(*Réflexions sur la peine capitale*)〔跟阿尔蒂尔·柯尼特勒(Arthur Koestler)合著〕

获诺贝尔文学奖。

1958 年 发表获奖演说《瑞典演说》。

《现时三集》(*Actuelles III*)出版。副标题为"阿尔及利亚记事"(Chroniques algériennes)。收有1939—1958 年的文章。

1959 年 把陀思妥耶夫斯基(*Dostoïevski*)的小说《群魔》(*Les Possédés*)改编成剧本。

1960 年 1月4日,乘坐出版商加斯东·伽利玛(Gaston Gallimard)的侄子米歇尔·伽利玛(Michel Gallimard)驾驶的汽车,在约讷省(l'Yonne)的桑斯(Sens)附近发生车祸身亡,一说因车速过快(时速180公里),一说因一轮胎爆裂。

1962 年 出版《记事本(一)》,收有1935年5月至1942年2月记事。

1964 年 出版《记事本(二)》,收有1942年1月至1951年3月记事。

出版《记事本(三)》,收有1951年3月至1959年12月记事。

1971 年 出版小说《幸福之死》。

1994 年 未完成小说《第一个人》(*Le Premier Homme*)由加缪的女儿卡特琳在伽利玛出版社发表。